Para Y.

empezar a compartir
algo más que
sueños

Carlos B.

COLECCIÓN NUEVA BIBLIOTECA

EL ORADOR CAUTIVO

Carlos Eugenio López

El orador cautivo

EDICIONES LENGUA DE TRAPO

Diseño de colección: J. Huerta
Ilustración portada: Sean Mackaoui

© Carlos Eugenio López, 1997
© EDICIONES LENGUA DE TRAPO, S. L., 1997
Antonio Maura, 18. 28014 MADRID
Reservados todos los derechos
ISBN: 84-89618-14-3
Depósito Legal M-41021-1997
Imprime: Gráficas Rama, S. A., Madrid

El día 29 de octubre de 1997, un jurado integrado por Jesús Ferrero, Enrique Vila-Matas, Agustín Ceresales y el editor José Huerta otorgó el III Premio Lengua de Trapo de Narrativa a la novela *El orador cautivo,* de Carlos Eugenio López.

Al ascensor de Witheleys

I

Usted sabrá perdonar esta posible intromisión. Usted, me hago perfectamente cargo, podría disponerse ahora mismo a leer un libro o resolver un enrevesado crucigrama. Nada más habitual, según parece, cuando se viaja en tren. Pero yo, por desgracia, soy ciego y carezco de medios más discretos para determinar la pertinencia o inoportunidad de la conversación. No dude, pues, se lo suplico, en hacerme saber con la mayor franqueza si molesto.

¿Que no debo preocuparme en absoluto? ¿Que no incurro en intrusión alguna? ¿Que usted jamás lee en el tren? ¿Que le aburre a morir todo tipo de acertijos? Me alegro infinito. No se imagina lo angustioso que un largo viaje en silencio puede acabar resultándole a un ciego. «¿Y si, en vez de con un simple misántropo, viajáramos con cualquier desaprensivo?», da uno en pensar tarde o temprano. Al fin y al cabo, ¿quién nos asegura que nuestro compañero de viaje efectivamente lee, contempla el paisaje o se devana los sesos sobre un cuadernillo de desquiciantes pasatiempos? Mientras nosotros lo suponemos cándidamente abstraído en preocupaciones de esa índole, él puede muy bien aprestarse a estrangularnos. No sería el primer caso. ¡Es tan sencillo asesinar a un ciego!

Por supuesto, a usted tales recelos habrán de antojársele poco menos que insultantes. «Sin despegar los labios consumen los días de su vida los monjes trapenses —se dirá—, y está por probar que se entreguen a mayores excesos que la elaboración artesanal de exquisitos licores y suculentos chocolates.» Nada más natural que su protesta. Proviniendo de usted, cualquier otra reacción me hubiera desconcertado. Se lo digo con toda sinceridad. Cuando a los pocos años que se infieren del vigor y la limpieza de su voz, se une el noble talante que me ha demostrado con su cordial acogida, la sangre tiene que rebelarse ante todo lo que parezca poner gratuitamente en entredicho las buenas intenciones del prójimo. Triste sería si sucediese de otro modo.

Evidentemente, ni la oportunidad, por sí sola, determina el crimen, ni del mero carácter taciturno de nuestros semejantes es lícito colegir designios retorcidos y siniestros. En eso tiene usted toda la razón. Y no seré yo quien se la cicatee. Que aún haya quien se solivíante cuando se atenta, aunque sea tan sesgadamente como yo lo he hecho, contra el principio de la presunción de inocencia, me congratula sobremanera.

Empero, y ahí quería ir yo a parar, el mundo se compone de algo más que de inofensivos monjes trapenses y jóvenes de tan recta disposición como la suya. Los ciegos no somos esos seres patológicamente desconfiados en que quiere convertirnos una abyecta leyenda negra. Si no siempre conseguimos reprimir un sentimiento de aprensión y de zozobra cuando las circunstancias nos encierran a solas con un desconocido, es por algo. Subrayarlo de ningún modo cuestiona las muchas cualidades que, en abstracto, adornan la naturaleza humana; las sitúa, simplemente, en un lugar subordinado a las harto más numerosas, y sutiles, de la naturaleza divina. Pues ha de tenerse muy presente que si la omnímoda perfección divina permite proponer que Dios ha de crear sólo lo mejor, su absoluta omnipotencia prácticamente exige que, con el bien, haya creado también el mal. De ello, nos guste o no, se deriva que, junto a cumplidos epítomes de civilidad, pueblen asimismo el mundo verdaderos desalmados.

Hasta el momento (toco madera), yo no he tenido aún el infortunio de sufrir en mi propia carne las consecuencias más negativas de esa obligada diversidad moral de los mortales. Sería deshonesto con usted si, por omisión, le dejase pensar lo contrario. Desagradables experiencias de inhospitalidad, malas maneras y dudosa higiene corporal he padecido ya en abundancia; hurtos, atracos o agresiones, todavía no. Conozco, sin embargo, casos no tan afortunados como el mío. Sin remontarme a los tiempos en que se libraba la guerra con lanza, le podría referir incidentes que ponen los pelos de punta.

La semana pasada, sin ir más lejos, me contaba el peluquero que a un cuñado suyo le comieron un dedo en la estación de Atocha. ¿...? Como lo oye. El dedo corazón de la mano izquierda, para serle del todo preciso. Perdía el buen hombre el Talgo de Córdoba, y no tuvo la prudencia de reprimir su contrariedad cuando un mendigo le interceptó el paso solicitándole quinientas pesetas para un bocadillo. «¡Peste!», fue lo único que dijo el desventurado. Tampoco le dio tiempo a más. «Visto y no visto», me aseguraba mi peluquero. El mendigo se le tiró a la mano y le acertó con una dentellada feroz. Dos dedos le quedaron colgando, el índice y el meñique; el anular lo recogió una limpiadora del suelo y se lo han vuelto a colocar en su sitio; el corazón, simple y llanamente, desapareció en las fauces del agresor. Y no es que se lo tragara en el arrebato del momento, no; todos los testigos coincidieron en señalar que, antes de engullirlo, lo masticó cuatro o cinco veces.

A usted le cabe argumentar aún, lo reconozco, que el caso que le cito no es del todo asimilable al que primeramente nos ocupara. Ni se trata ahora de una agresión por completo inmotivada, ni el sujeto paciente de la misma es un ciego, ni tiene lugar en un compartimento de primera clase, en donde es de suponer que la selección por el precio dificulta la presencia de indigentes. Muy cierto. Pero, a mi entender, la relativa disimilitud de los casos que confrontamos antes refuerza que debilita mi tesis. Si el dedo corazón del cuñado de mi peluquero puede servirle de cena a un mendigo en la concurridísima estación de Atocha, ¿qué no es factible que suceda en la impunidad de un compartimento vacío? Fiar en que un degenerado capaz de recurrir a la antropofagia por cien duros de más o de menos va a plantearse problemas de conciencia antes de estrangular a un ciego es demasiado fiar. Un sujeto de tal catadura moral sólo entiende el lenguaje de la fuerza bruta.

«En lugar de echar tantas pestes, lo que tendría que haber hecho mi cuñado es haberle pegado una patada en los cojones al cabronazo ése», me decía sublevado mi peluquero. Y yo, sin avalar tal destemplanza expresiva, que siempre está de más, no dejo de adherirme a la filosofía que subyace en tan acaloradas palabras. Aunque, como regla general, y por temperamento, más me inclino por la zanahoria que por el palo; en circunstancias límite, es manifiesto que de nada sirven los paños calientes. Lamentable, sin duda; pero el mundo es como es, y a ello hay que atenerse a la hora de desenvolvernos en él.

El optimismo desmedido en materias de armonía social no está del todo justificado. Por más altas que sean las cotas de prosperidad que se alcancen, nunca han de faltar indeseables que prefieran el merodeo en las estaciones de ferrocarril al honesto quehacer en una estafeta de correos o un taller mecánico. A la postre, de lo que se trata siempre para algunos es de vivir del momio. Y mientras exista quien así piense, las muchas oportunidades que ofrece una sociedad próspera a lo único que contribuirán será a multiplicar el número de forajidos. Relajar las medidas de vigilancia y temperar las penas con que se reprime el atentado a las normas de la pacífica y organizada convivencia equivale a dar rienda suelta a la depredación y el atropello. Hay que huir del aberrante tópico romántico que confunde la rebeldía con la razón moral. Comerle un dedo a un inofensivo viajante de comercio no tiene nada de poético. Eso es una canallada, y punto. Y ante una canallada cualquier bien nacido ha de exigir que se actúe sin contemplaciones. Si los poderes públicos, sea por pusilanimidad, error de juicio o complicidad dolosa, no lo hacen así, legitimado queda el ciudadano para, al amparo del derecho natural, adoptar las medidas que mejor garanticen su seguridad personal, la de los suyos y la de los bienes lícitamente adquirido por ambos.

Por lo que a mí respecta, le confesaré que hasta se me ha pasado por la mente la idea de contratar a un guardaespaldas. Si todavía no me he decidido a dar ese paso, no ha sido por cuestión de principios o repugnancia ética. A nadie se le puede exigir que se tome las cosas con la resignación del cuñado de mi peluquero. «Al menos, no tenía el sida», parece que fue lo primero que dijo el muy bendito al salir de los efectos de la anestesia. Mi reticencia a ponerme en contacto con alguna de las muchas agencias de seguridad que a diario me ofrecen sus servicios tiene raíces menos beatíficas. Antes de darle las espaldas a guardar a nadie hay que pensárselo mucho. A veces es peor el remedio que la enfermedad. Conocidos tengo que nunca lamentarán cuanto debieran el haber metido a uno de esos gorilas en casa sin haberse preguntado primero: «¿Y quién vigila al vigilante?».

Por otra parte, la verdad es que yo tampoco llevo una vida particularmente expuesta. Todos los últimos jueves de mes, y por razones profesionales, he de tomar este tren. Con tal excepción, mi existencia discurre en ambientes donde las probabilidades de tropezarse con un facineroso quedan, de hecho, reducidas a su mínima magnitud matemática. Yo no soy de esos ciegos a los que da la impresión de hechizar morbosamente la calle. Para mí, constituye un completo misterio qué placer puede extraer nadie consumiendo las avaras horas de asueto que nos dispensa el día pegado a la barra de un bar o paseando el perro. Como en casa, entiendo yo, no se está en ningún sitio; y para sacarme de ella han de concurrir circunstancias ciertamente extraordinarias. De otro modo, entre la casa y el trabajo, el trabajo y la casa, se cierran los trescientos sesenta grados del ciclo cotidiano de mi vida social.

Cuestión de formas de ser, supongo. Y nada más que eso. Ni por un momento pretendo subirme a un podio aprovechando el estribo de mi acendrada vocación hogareña. El hábito de tomarse el café en casa o tomárselo en el bar de la esquina, por sí solo, ni enaltece ni denigra a nadie. Claro está que no. Defender otra cosa sería caer en un puritanismo desaforado. Ahora bien, qué duda cabe que cada día resulta más ingenua la pretensión de ir a un bar y sólo tomarse el café. Aun dejando al margen el riesgo, siempre presente, de un mal encuentro, a la calle se sabe cómo se sale pero no cómo se va a volver de ella. ¿Intoxicado por un exceso de monóxido de carbono? ¿Con el tímpano roto por el estampido de un claxon? ¿Arrollado por una turbamulta de amas de casa a la puerta de unos grandes almacenes? ¿Vejado por cualquier histérico que irreflexivamente vincule nuestro andar vacilante con la taimada intención de saltarnos la cola del cine?

El panorama, me concederá usted, no resulta alentador. Entre los grandes logros de la vida moderna (que son muchos e innegables), no se cuenta el de la seguridad en los lugares públicos. Así las cosas, ¿qué de extraño tiene que, sin censurar la forma de ser de nadie, a uno le asombre la afición al ágora que manifiestan muchos mortales? Bien está, por descontado, resistirse con uñas y dientes al recorte de cualquier parcela de nuestra libertad civil. Y la de tomarse el café donde a uno le venga en gana es tan defendible como la que más. Quién lo duda. Pero muy fanático hay que ser para no darse cuenta de que, en ocasiones, la mejor forma de salvaguardar nuestros derechos es no ejercerlos de manera temeraria. ¿O le parece a usted que se es más libre espachurrado por un autobús o apagando en el cogote las colillas impolíticamente arrojadas desde los andamios?

Pero, en fin...; probablemente le estoy aburriendo.

Permítame que me presente: Arcadio Jiménez Paz. Mi nombre ha de resultarle familiar. Piense un poco. Raticidas Jiménez Paz. Nos anunciamos desde hace varios años en televisión. Haga memoria, se lo ruego; es un anuncio que por fuerza tiene que haberle llamado la atención. Un bebé duerme dulcemente en su cunita. Bajo ésta, aparece una rata que comienza a roer el cable de una lámpara próxima. Cuando salta la previsible chispa del cortocircuito, la pantalla se oscurece y una solemne voz en *off* proclama: «MIENTRAS LOS SUYOS DUERMEN, ELLAS NO DESCANSAN. RATICIDAS JIMÉNEZ PAZ, CIENTO DIEZ AÑOS VELANDO POR LA SEGURIDAD DE LOS SUYOS». (...) ¿Que ahora cae? Me quita usted un peso de encima. Se trata de una campaña que no calificaría yo precisamente de barata. Pero, ahí lo tiene, da sus frutos. Que es lo que importa. En el mundo en que vivimos la calidad del producto, sin más, sirve ya de bien poco. Hay que hacer circular el nombre. Eso es lo esencial. Es a partir de ese instante cuando todo comienza.

Sobre tal particular tuve yo no pocos enfrentamientos con mi difunto padre, que en paz descanse. Enfrentamientos respetuosos, entiéndaseme bien. Mi padre era un hombre de su época; es decir, de la de su juventud, como suele ser el caso en la mayoría de los hombres. Para él no existía otra política comercial que las intensas relaciones personales. Terreno este que, por descontado, no debe descuidarse de ningún modo; pero sobre el cual ya no es viable trabajar en agraz, como acontecía hasta no hace tanto. Hoy ha de llegarse a la mesa de las negociaciones con el respaldo de un nombre que infunda respeto. Hemos de poder presentarnos no como el que pide, ni siquiera como el que da, sino como el que, veladamente, amenaza. Ésa es la clave del éxito.

Cierto que la promoción televisiva de un raticida suscita objeciones de fondo muy difíciles de soslayar. En eso hay que darle toda la razón a mi padre. Y no piense usted en las dificultades estéticas, pues, en última instancia, no se trataría de hacer un anuncio bello, sino de todo lo contrario. Las mayores dificultades dimanan de la peculiar naturaleza de nuestros clientes. Un raticida no se vende directamente al ama de casa, colectivo pío y manipulable donde los haya; un raticida se vende a las grandes corporaciones municipales, huesos mucho más duros de roer. Ésa ha constituido desde hace más de cien años la principal cartera de Jiménez Paz. Si hacemos números, nuestra firma depende de las decisiones que se tomen en un centenar de casas consistoriales. Está en manos, resumiendo un poco, de doscientos o trescientos hombres claves. ¿Cuántas cenas, cuántos regalos, cuántas «seductoras comisiones» —como decía mi padre— no se pueden ofrecer a un número tan reducido de interlocutores con un décimo del gasto que supone la campaña televisiva más modesta?

Incalculables, se sentirá usted tentado a responder. Completamente de acuerdo. El problema, y eso fue lo que nunca llegó a comprender mi padre, es que esas cenas, esos regalos, esas comisiones, que tanto hicieron en su día por Jiménez Paz, hoy ya no son suficientes. Las corporaciones han cambiado. Aquí y allá han aparecido nuevos alcaldes, nuevos concejales. No digo yo que menos corruptos que sus predecesores (la condición humana es la condición humana); pero sí mucho más precavidos y exigentes. Hoy ya no se compra una firma debajo de un contrato por un plato de lentejas. La oposición, los sindicatos, la prensa, un compañero de partido malquisto o celoso pueden dar al traste con una brillante carrera política por el desliz más insignificante. Y ése es un riesgo que no todo el mundo está dispuesto a correr. O, al menos, no por cuatro gordas. La era del soborno, en su más burda expresión, está tocando a su fin.

Quien no pueda comprender eso no tiene sitio en el mercado actual del raticida. Sus esfuerzos están condenados de antemano al fracaso. A corto plazo, acaso le infle la vela un pasajero soplo de buena fortuna; pero a largo plazo (y a largo plazo ha de pensarse siempre en términos comerciales), sus días están contados. Hoy ha de hilarse mucho más fino. Un raticida, aunque no directamente, indirectamente sí se vende a las amas de casa. Un raticida ha de venderse, pues, como un lavavajillas, como un sujetador, como una crema hidratante. Porque un raticida, aunque lo compren muy pocos, se vende a todos. «Su vida —es la idea a transmitir— está en peligro. Exija a su alcalde que proteja su vida.» Y ésa es la idea que transmite nuestro *spot*.

Hay quien insinúa, me consta, que me he excedido en el tratamiento del mensaje sonoro, como no podía, según parece, dejar de ser el caso en un ciego. No voy a entrar en polémicas. Los resultados, y los resultados son lo único que cuenta, están ahí; no me los invento yo. En las últimas elecciones municipales, el 73,2 por ciento de los grupos políticos incluyeron en sus programas generosas promesas de desratización. De éstos, un 37,5 por ciento se ha puesto ya en contacto con nosotros. Sin comentarios. Las cifras hablan por sí solas. Nada resulta más sencillo que criticar por criticar, que el chiste fácil y el chascarrillo grosero. Pero las cifras son las cifras. Y su veredicto no admite apelación. Si con todo y con eso aún hay quien se niega a rendirse a la evidencia, pues qué quiere usted que yo le haga. Ya conoce el dicho: no hay peor ciego que el que no quiere ver.

Mi única desazón, se lo digo como sinceramente lo siento, es que mi pobre padre ya no se encuentre aquí para disfrutar conmigo del éxito. Imagínese usted lo que hubiera supuesto para él ver a Jiménez Paz en el lugar de preeminencia en que hoy se sitúa. Me queda aún mi madre, una mujer, por tantas razones, excepcional. Muy cierto. Pero no es lo mismo. Para mi madre vendemos simplemente matarratas. A ella Jiménez Paz no le dice nada. Si de ella hubiera dependido, hace ya mucho que todo habría ido a parar a las manos de algún banco. Mi madre es un carácter práctico. Mi padre, en ese sentido, era muy diferente. En su escala de valores, el buen nombre comercial de Jiménez Paz ocupaba un lugar muy alto. Irse de este mundo con la errada convicción de que se llevaba con él a la tumba un siglo de esfuerzo familiar tuvo que causarle una inmensa pesadumbre. Y eso sí que me duele. Lo que piensen unos cuantos resentidos y envidiosos, no voy a decir que me traiga completamente sin cuidado (nadie es de piedra), pero tengo ya los suficientes años como para que me resbale un poco.

Porque, vamos a ser claros, ¿en qué es menos ético nuestro *spot* que los miles de anuncios de papel higiénico, tampones, crecepelos o lacas para las uñas que diariamente nos martillean los oídos sin que nadie pestañee? Seamos serios. ¿Qué tiene de tan imperdonable nuestra traída y llevada voz en *off*? ¿Constituye acaso proceder más elevado decirle a uno que si le huele el aliento le va a dejar su mujer que decirle que si se le quema la casa se va a quedar sin niño? ¿Es nuestro mensaje menos verdadero? ¿Es nuestro producto menos necesario?

Me abstendré yo muy mucho de entrar o salir sobre la veracidad de asertos tan pretenciosos como ese que pregona que Coca-Cola es la chispa de la vida u otros por el estilo. Mucho menos voy a poner en duda la necesidad de papeles y tampones higiénicos. Pero puedo decir muy alto, en defensa de la objetividad de nuestra campaña de promoción, que las ratas han sido las causantes de las dos más devastadoras epidemias conocidas por el hombre: la peste negra, de la que habla Boccaccio, y la peste de Milán, que asoló Europa de 1629 a 1631. ¡Ahí es nada! ¡Sus buenos cincuenta millones de muertos en total! Por no hablar de la rabia, la poliomielitis, la triquinosis, la fiebre aftosa o la peste porcina, que también han dado que sentir lo suyo.

¿Y en el terreno de las pérdidas materiales qué no podría decirse? La FAO consideraba en un reciente informe que el veinte por ciento de las cosechas mundiales se pierden, antes de ser recolectadas, a consecuencia de los estragos que producen ratas y ratones. Si en la elaboración previa a su ingestión el hombre no sometiese los cereales a elevadas temperaturas, el noventa por ciento de los mismos resultarían inutilizables por haber sido contaminados en los silos. Una sola rata puede consumir quince quilos de grano al año y contaminar todo un granero con sus veinticinco mil defecaciones; una pareja termina arrasando literalmente el más surtido almacén, con la colaboración de los treinta mil descendientes que pueden llegar a sucederla, al ritmo de cuatro partos por año, veinte crías por parto y capacidad reproductora de las crías a partir de los dos meses.

En el hogar, la presencia de la rata tiene consecuencias no menos desoladoras. De una parte de su actividad destructora queda prueba evidente en los destrozos que en muebles, puertas o bibliotecas ocasionan. ¡Pero ojalá todo se redujera a eso! Otra parte de su voraz industria, aunque infinitamente más dañina, es menos notoria. Sobre ella quiere incidir nuestro *spot*. Los revestimientos plásticos que cada día con mayor frecuencia se destinan a proteger las instalaciones eléctricas, de probada eficacia contra la humedad, dejan los cables en la más absoluta indefensión contra el ataque de las ratas. «Un altísimo porcentaje de los incendios domésticos no los produce el pirómano incontrolable o el fumador descuidado —intenta advertir nuestro anuncio—: resulta de los cortocircuitos originados por la actividad de la rata.»

Mayor neutralidad, creo yo, imposible. Nuestro *spot* es un ejemplo en su género. El que no se reconozca así sólo informa de la frivolidad con que cierto tipo de individuos procede a la hora de enjuiciar la labor ajena. Lo que se cuestiona, cuestionando ese medio minuto raspado de comparecencia en las pantallas, es mi integridad. Y no sólo como hombre de empresa, como ser humano en general. En ese *spot* hay mucho mío. Esfuerzo, ilusión, riesgo. Cómo me van a hablar de moral quienes ignoran o, mucho peor, prefieren soslayar todo eso y se permiten, sin embargo, juzgar la vida de un hombre por las veinte palabras de un anuncio televisivo, artículos y preposiciones incluidos. ¡Por favor! ¿Qué quedaría de los «Martini te invita a vivir», los «Audi Coupé: el deportivo sin los inconvenientes de un deportivo» o los «Si no fuera por el sistema UNIX V4, el DRS 6000 de ICL sólo sería una máquina perfecta», si se les aplicara igual inmisericordia gramática?

Pero mejor dejarlo. No quiero apasionarme. Nada lamentaría más que me tomara usted por un ser tan carente de maneras o tan pagado de sí mismo como para no comprender que éstos no son asuntos para sacar a colación en un encuentro como el nuestro. Olvidémonos del tema, se lo ruego. Hablemos de otra cosa.

¿Me equivoco si supongo que ahora mismo despiertan su curiosidad los nutridos rebaños de ovejas que pastan plácidamente en los campos que atraviesa este tren? ¿Que cómo lo he descubierto? ¿...? Oh, no; no me atribuya dones de los que carezco. Por desgracia, no se sienta usted enfrente de ningún Tiresias. La razón de mi clarividencia no tiene misterio alguno. Al llegar a estas alturas del trayecto, he escuchado a menudo la voz de algún niño llamando la atención de sus mayores hacia la súbita aparición de las ovejas. «Mira, mamá, corderos», es una frase que he oído docenas de veces. Y, ¿sabe usted?, he acabado por concluir que, tras el silencio o el comentario de compromiso de esas madres, ha de ocultarse una secreta melancolía. El entusiasmo común que se transmite en tan diferentes voces infantiles da noticia de una emoción demasiado profunda como para que nos sea autorizado considerarla susceptible de desaparecer por completo con el solo paso de los años. Algo ha de quedar o algo ha de haber dejado en el adulto una pasión tan injustificada y fervorosa. Para mí tengo que nadie se transforma hasta ese punto. Cambiamos en lo superficial, pero en esencia permanecemos los mismos a través de los muchos y muy diversos mantos con que nos van cubriendo los años. Nadie corrige un defecto radical ni sojuzga por completo una pasión de infancia o juventud.

¿Discrepa usted? Adelante; no le violente el contradecirme. ¿...? Muy cierto, acaso he pecado de demasiado rotundo en la forma de exponer mis ideas. Un «tal vez» oportunamente dispuesto, un «por lo general», un «en no pocas ocasiones», cautamente entreverados, no hubiesen hecho ningún daño a la claridad de mi tesis y habrían, sin embargo, evitado su muy legítimo disenso. No obstante, si con esas matizaciones se da usted por satisfecho, yo también. No habla usted con ningún dogmático. En el fondo, con mi categórica afirmación, yo no le quería sino transmitir una vaga sospecha personal de que a lo largo de toda nuestra vida nos traspasa un hilo conductor que no conoce solución de continuidad real, por más que sí muchas aparentes. Postulado doméstico que me ha permitido hace un momento deducir su inconfesado interés por los rebaños y que, de manera global, me inclina a ser un poco escéptico sobre la capacidad correctora del hombre cuando no se aplica a la naturaleza, sino a uno mismo. El que no me haya equivocado tanto en lo primero, entiendo yo, algo ha de paliar mi indudable ligereza en la generalización.

Pero, por supuesto, si usted no comparte el mismo parecer, no tiene más que decirlo, que le escucharé con gusto. Insisto: no soy yo uno de esos Atilas de la dialéctica a los que sólo sacia la aniquilación de su interlocutor. A mí me basta con que se me permita exponer educadamente mis ideas. ¿Que éstas se comparten?, bien; ¿que no?, bien también. En mí, aunque acaso no sea yo el más indicado para decirlo, alienta a la par el hombre de empresa y el filósofo. E igual que afirmo que en determinadas situaciones límite no hay más remedio que cortar por lo sano, soy también capaz de comprender que, salvo en esas circunstancias excepcionales, uno ha de estar dispuesto a aceptar la hipótesis de que acaso sólo le asiste una parte de razón en lo que dice o piensa. En poco tendríamos la omnipotencia divina si, una vez admitido que junto al bien ha debido crear asimismo el mal, restringiésemos maniqueamente su capacidad creadora a tan sólo eso. Forzoso es admitir además la existencia, entre tales extremos, de un universo infinito de verdades a medias y pareceres, no por diferentes, ni mejores ni peores que los nuestros.

Yo lo admito sin reservas de ninguna clase. No lo dude usted. Por convicción racional y por natural inclinación al diálogo. No se sienta usted frente al clásico celtíbero impermeable a otra razón que no sea la del grito más alto, y para quien el mundo se reduce al belicoso debate entre el sí y el no y el todo y el nada. Al contrario, si algo me avergüenza de nuestro país (que tantas virtudes tiene) es, precisamente, ese primitivo fanatismo. Causas hay, no lo niego, por las que un hombre de bien ha de estar dispuesto a acalorarse. Pero perder los modales por imponer nuestro particular criterio sobre cuál es la mejor forma de cocinar la merluza o hacer turismo no me parece a mí que diga demasiado en favor de un pueblo.

En el mundo tiene que haber de todo, y no querer aceptarlo así trae muy malas consecuencias. Cuando un pueblo considera que un simple gusto puede ser merecedor de palos, como reza uno de nuestros más socorridos aforismos, las cosas no siempre acaban con cuatro voces más altas de lo debido. Tarde o temprano, se llega a los palos. Y si en esto me permito ser categórico, pese a todo lo dicho, mis motivos tengo. Presente he estado en discusiones donde del «¡Pues valiente tontería!», se ha pasado al «¡Tonterías las dirá tu padre!»; y de ahí al enzarzarse en un furioso intercambio de todavía más sonoros bastonazos. Discusiones, créame, sobre asuntos tan banales como remotos a sus exaltados comentaristas.

Para que se haga usted una idea: con ocasión de la última asamblea semestral de la Coordinadora Estatal de Invidentes para el Progreso, una sociedad filantrópica de cuya presidencia no he podido librarme, la disputa sobre el arbitraje de un reciente Barcelona-Real Madrid se saldó con la hospitalización de los siete delegados catalanes presentes en el acto. Y eso no me lo ha contado mi peluquero. De eso ha sido testigo un servidor. Nuestro tesorero, un jubilado sueco asentado en Marbella, no hacía más que preguntarme: «¿Pero es que no somos todos ciegos?», con la voz estrangulada por la estupefacción y encogida por el miedo a recibir también él un silletazo, a causa de su inseguro acento. Obviamente, en cuanto ganó de nuevo la internacionalidad de las Lomas del Marbella Club, presentó su dimisión irrevocable. «Esto no pasa en Suecia», repetía seis veces, por todo argumento, en la carta que nos remitió para anunciarnos y justificar su decisión.

Ante las razones aducidas por el dimisionario, yo no tuve más remedio, en función de mi cargo, que responder con otro escrito en el que se le recordaba el alto índice de suicidios, alcoholismo y depresiones nerviosas en su país. Pero en mi fuero interno nunca he dejado de rendirme ante la demoledora contundencia de los argumentos del sueco. Lo que pasó en nuestra asamblea ni pasa en Suecia ni pasa en ningún país civilizado. Pasarán otras cosas, tanto o más censurables, pero eso no. Y el que así sea, lejos de enorgullecernos por lo que tiene de singular, debiera hacernos reflexionar muy seriamente. Porque si la singularidad de la virtud santifica; la singularidad del vicio condena sin remedio. Cuando el mundo civilizado vive la fiebre del asesinato colectivo, uno no puede aferrarse tercamente al crimen pasional. En la barbaridad, como en el ejército, no se puede dar la nota. Eso hay que metérselo en la cabeza. De lo contrario abocados estamos, no ya a que se censuren despiadadamente nuestros vicios, sino a que, además, y lo que es mucho más grave, no se aprecien en absoluto nuestras virtudes.

¿Que le parece un poco fuerte? Pues, por mucho que contraríe mi natural tendencia a la conciliación, tengo que volver a rectificarle. Sus pocos años le engañan a usted. Y se lo digo con todo respeto, pero con la misma firmeza. Éste es uno de esos casos excepcionales en los que un hombre de bien está obligado en conciencia a acalorarse. Aquí ya no se trata de gustos. De lo que estamos hablando ahora es del porvenir del país. Ni más ni menos. Cada vez que un cornudo irresponsable acuchilla a su mujer en Murcia, Sevilla o Badajoz, le da a la vez una puñalada trapera a nuestros esfuerzos de europeización. De poco sirven los simposios, las uniones monetarias o los intercambios de estudiantes si, a la hora de la verdad, nos resistimos a matarnos por los mismos motivos y de la misma forma en que se matan en Londres y París. Las discrepancias sobre los modos de matar o se interpretan como expresiones de horripilante vesania o, tanto peor, se consideran solapadas manifestaciones de disconformidad y de censura. Y en eso Europa es inflexible. O se está con ellos, o se está contra ellos.

Por fortuna nuestros gobiernos parecen haberlo entendido ya así, y algo da la impresión de irse avanzando en los últimos años. A un ritmo todavía desesperadamente lento, con un paso aún preocupantemente inseguro; pero avanzando al cabo. Vayan por donde vayan nuestras simpatías políticas, hay que saber reconocer un logro cuando es innegable. En el campo de las respuestas a la infidelidad conyugal en nuestras provincias meridionales poco parece evolucionarse. Pero donde la responsabilidad gubernamental es más directa y mayor su margen de intervención, en el terreno de las grandes matazones, nuestros hombres de estado empiezan a dar claras muestras de apostar ya por las ideas de progreso.

A no ser que todo se tuerza, la próxima guerra mundial no deberíamos desperdiciarla, como las anteriores, en pazguatas neutralidades. Por poco que se demore su estallido, mi opinión es que esta vez nos matamos por fin como se matarán todos los seres civilizados del planeta. Lo que no nos europeíza de un plumazo, pero ya es algo. Si se acaba con nuestra atávica tendencia a matarnos en familia, insertándonos en el curso occidental de las matanzas que hacen historia común, se habrá dado un paso de gigante. Más que por cuánto mataron, los tantos generalotes tronados que hemos padecido han sido calamitosos para el país por su provinciana concepción de la masacre. Matar gitanos cuando las naciones líderes de la industria matan judíos, o bombardear miserables villorrios cerealeros cuando los adalides de la democracia bombardean

Hiroshima y Nagasaki, constituye una provocación que hemos pagado, y estamos todavía pagando, muy cara.

Medite usted, amigo mío, medite. Y me va a permitir el consejo (y la familiaridad del vocativo) en atención a las horas que el azar ha decidido hacernos pasar juntos. ¿Qué no hubieran hecho por nosotros todos los millones de muertos que hemos malgastado en paletas querellas intestinas de haberlos inmolado en Crimea, Verdun o Normandía? Con sólo la mitad, con sólo un cuarto, de don se nos estaría tratando hace mucho en las capitales de Europa. Medite usted. Tan malo como el disputador enconado y feróstico es el liberal irreflexivo y cerril. Las cosas hay que meditarlas mucho. Y si la razón concluye en contra de los dictados de nuestro temperamento, pues a doblegarse tocan. Las cosas...

¿Que no es necesario que le insista a usted sobre las cosas? ¿Que le he convencido? ¿Plena y sinceramente? Pues, no se lo tome a jactancia, pero, ¿sabe qué le digo?, tampoco eso me coge por sorpresa. Hace rato que ya no me cabe la menor duda de que no sólo departo con un perfecto caballero, sino también con un joven de acusada inteligencia.

Por eso mismo, sin embargo, importa aún más expresar aquilatadamente las ideas. De ahí que tanto le insista sobre las «cosas». Considérelo un homenaje a la calidad del paladar intelectual que ha de juzgar mi discurso. Si fuera usted el característico sinsorgo con el que tantas veces he tenido que lidiar en estos recorridos, ¿cree acaso que entraría en estas disquisiciones? De ninguna de las maneras. Poco dado soy yo a echarles margaritas a los cerdos. Ahora mismo, se lo aseguro, estaríamos hablando del anticiclón. Con usted es diferente; con usted se impone una profundidad, un rigor, un esfuerzo. Sería imperdonable que por incuria dejase algún cabo suelto en la trama de mi argumentación, induciéndole a interpretar la misma como un simple e inmoderado parloteo.

Mis palabras, por más accidentales que parezcan, son siempre producto de una dilatada reflexión previa. Yo no sólo pido que mis interlocutores mediten; soy el primero en meditar yo mismo. Si por norma general rehúyo la disputa, no es por carecer de la más sólida opinión sobre la inmensa mayoría de los temas que verosímilmente pueden surgir al hilo de cualquier conversación razonable, y hasta de no pocos cuya comparecencia entraría dentro del orden de lo no tan verosímil. Raras son las materias que un servidor no haya sopesado por activa y por pasiva. El más informal comentario sale de mi boca respaldado por la fuerza de un razonamiento muy detenido.

¿No pensará usted, por ejemplo, que, cuando hace un momento le afirmaba la esencial inmutabilidad del yo a través de las diferentes etapas de la vida, lo hacía apoyado tan sólo en la insistencia con que cuatro mocosos llaman la atención de sus progenitores sobre la cabaña que mata el hambre en los aledaños de esta vía férrea? No, amigo mío, no. Las disculpas por la exagerada solemnidad con que formulara mi juicio siguen en pie; nada justifica el apabullamiento a la hora de expresarse. Pero, en honor a la verdad, y para que nos vayamos conociendo un poco mejor, he de decirle que hasta minucias como ésa (que cualquier otro despacharía sin rubor con el recurso al tópico o la sandez) me han arañado a mí más de una y dos noches de sueño. Cuántas veces no se me habrá derretido el hielo de un whisky preguntándome: «¿De que serviría la experiencia, tan loada por todos, si no fuésemos los mismos a través de los tiempos?». O, en otro registro: «¿De qué valdría el arrepentimiento si el yo que pecó, erró o, simplemente, nos disgusta ya fuese por completo otro?».

¿Aficionado a la bebida, dice usted? ¿Quién? ¿Yo? En absoluto, amigo mío, en absoluto. ¡Qué penosa imagen debo estarle proyectando de mi persona, pese a todos mis esfuerzos, o quién sabe si precisamente por ellos! (...) No, por favor, no se disculpe usted. Toda la culpa es mía. La palabra es traidora y uno no tendría que olvidarlo jamás. Por más cuidado que se ponga (y espero haberle hecho comprender, al menos, cuánto es el cuidado que yo pongo), las palabras al final nos la juegan siempre. Uno no debería dejar nunca de tener en cuenta que, frente al idioma que habla, irreductiblemente personal, se sitúa el idioma que escucha, no menos reductible, por no menos íntimo y oscuro en sus orígenes y formas de proceder. Una palabra mía no es sólo una palabra mía; es, además, una palabra suya. Y una respuesta suya no es sólo una respuesta suya; es también una interpretación mía. Con la que yo, por otra parte, coincido o discrepo en mi propio idioma. Que, sin embargo, no es sólo el mío, sino el mío y el suyo, en cuanto que, incauto de mí, le hago partícipe de mi opinión y usted, no menos incauto, la hace suya o rechaza. ¡El delirio! Tras media docena de intercambios de esta suerte, ¿quién en su sano juicio puede sentirse aún capaz de afirmar que está de acuerdo o en desacuerdo con alguien? «Nada es; si algo fuera, no podría ser conocido; y si fuese conocido, no podría ser comunicado mediante el lenguaje», decía el sofista Gorgias. Y yo no digo tanto. Por más complicada que resulte, la vida no puede desafiar toda explicación racional. Pero, a fines prácticos, mejor nos iría si actuáramos como si comulgáramos con el filósofo de todo corazón. De eso estoy convencido.

Lo que sucede es que pierde uno tantas inhibiciones cuando viaja en tren... «Poco importa —se dice—, puesto que todo pasa», y envalentonados en la falsa seguridad que proporciona el saberse fugitivo, acabamos olvidando que por la boca muere el pez y otras advertencias semejantes. Qué le vamos a hacer... La condición humana es la condición humana, como antes le decía. Y hay tan pocas oportunidades de entregarse al placer de la conversación en el mundo actual... Nada ha de extrañar que, cuando excepcionalmente tropieza uno con la ocasión de intercambiar opiniones con un interlocutor sensible, cabal e inteligente, toda la prudencia del mundo sea insuficiente para mantenernos con la boca cerrada.

Pero tranquilícese usted, no pretendo desviar el tema. A una pregunta tan directa como la suya, una respuesta lo más concreta posible: la última vez que bebí yo una copa de más llevaba aún pantalones cortos. Con eso le digo todo. Y no entro en detalles sobre el incidente porque, por su puerilidad, no los merece. No imagine usted otra cosa. Yo soy un hombre que nada tiene que ocultar. Míreme fijamente un momento, si no le supone excesiva molestia. ¿Qué ve? Pues eso, exactamente eso, soy yo. La sobriedad, el equilibrio, el respeto a las formas que denota el traje gris y la corbata burdeos que visto (si mi madre no se ha equivocado al elegirme la ropa esta mañana) se aplica a mi persona lo mismo por dentro que por fuera. De noche, en el recogimiento de mi biblioteca, con un buen libro en la mano, no me desagrada acompañar la lectura con unos sorbos del mejor whisky escocés. En efecto. Pero tenga usted por seguro que nunca me han dado las del alba beodo, si eso es lo que ha llegado a sospechar.

Mis circunloquios no tenían el esquinado objetivo de ocultarle ninguna intimidad degradante, que no existe, créame. En mí la forma perifrástica no es premeditada. La llevo dentro como un segundo código genético, y hasta en un trámite tan anodino como el de preguntar la hora alcanza a hacerse hueco. Tenga usted presente que la formación de los ciegos, aun en los casos más favorables, como bien pudiera considerarse el mío, es siempre heterodoxa y anticuada. Yo aprendí a leer, para que se haga usted una composición de lugar, deletreando una edición Braille de las homilías de Tertuliano, que trajo a casa un tío dominico tras una estancia en la universidad de Lovaina. Y eso deja huella. Por más esfuerzos que haga luego uno por evitarlo, tarde o temprano, aquí o allá, nos acabamos escurriendo por la resbaladiza pendiente de la digresión interminable, o caemos de golpe, por exceso contrario, en el tono apodíctico. Ya puede uno profesar la mayor veneración por el término medio, que no sirve de nada. Al final, la cabra tira al monte, si me disculpa usted la vulgaridad de la expresión.

Una verdadera pejiguera. Porque no sólo son los equívocos a que se da lugar. Eso, hasta cierto punto, puede arreglarse a posteriori con un poco de esfuerzo. ¿Pero cómo corregir la pésima impresión que se causa por acumulación de exclamativas o reiteración de tiradas didácticas en una charla de compromiso, tan vulnerable, en razón de su carácter, a los modos retóricos del momento? Ocasiones ha habido en las que mi ceguera no me ha proporcionado protección suficiente para evitarme el sofoco de percibir cómo mis interlocutores abrían la boca de un palmo. Todo, a lo mejor, por haberme referido a los universales a la hora de comentar la agobiante congestión del tráfico. Se palpa inmediatamente en el ambiente. Pero, para entonces, ya no hay remedio; está dicho, y volverse atrás sólo contribuye a empeorar las cosas.

Mi secretaria (la atenta señorita que me instaló en este compartimento, y en la que usted no habrá dejado de reparar, pues es unánime considerarla una joven de nada desagradable apariencia física), mi secretaria, digo, intenta con la mejor voluntad paliar lo que ella califica de «ese *handicap*», leyéndome todas las mañanas un capítulo de alguna novela recién aparecida en el mercado. «Hay que actualizarse, señor Paz —dice—; en este mundo ya no se va a ninguna parte con la teología.» Pero los resultados, como acaba usted de comprobar hace un instante, son muy pobres. Cuando se han cogido los hábitos que yo he cogido, no se hace uno con facilidad a la prosa contemporánea.

A mi secretaria procuro ocultarle estas resistencias. Otra cosa sería una imperdonable falta de tacto, habida cuenta del interés (tan por encima de lo profesionalmente exigible) que se toma por mi persona. Pero la realidad es que de todas sus lecturas únicamente me ha quedado hasta el momento una confusa impresión de que el mundo, aparte de no estar para teologías, se compone en lo esencial de una monótona legión de idiotas a los que, en el fondo, nunca les pasa nada. Y lo digo sin poso alguno de acidez. Cuando esas cosas se escriben, será que, poco o mucho, se venden. Ante lo cual no cabe sino quitarse el sombrero. Lo que no se puede es exigir a nadie que escriba pensando en el magro mercado que componemos los ciegos. Yo, a fin de cuentas, tampoco les destino mi controvertido anuncio. El mundo moderno es así, el mundo de los más. Y es así tanto para los más como para los menos.

Éste es un asunto, no obstante, sobre el que, sinceramente, preferiría no extenderme. En el terreno de las mayorías y las minorías, las masas y las élites, conviene andar de puntillas. La mayoría se ha convertido en la vaca sagrada de Occidente, en la eucaristía de la sociedad postindustrial. Mejor, ni tocarla.

(...) ¿Se da cuenta? Dígame si no tenía yo razón. No, amigo mío, no; habla usted con un convencido defensor del sistema democrático. Pero eso es una cosa y otra, muy distinta, el que no reconozcamos que el dictado de los más no es sino un compromiso grosero ante la dificultad de encontrar un camino seguro hacia el dictado de los mejores, del que hablan tantos y tan ínclitos tratadistas. Ése es el único dictado que el hombre libre debe estar dispuesto a aceptar. Lo demás son banderas de conveniencia, a enarbolar a fines nada más que prácticos.

Pero, bien entendidas, tales convicciones es más cauto hacerlas sólo en voz baja y entre hombres inteligentes. Vivimos en un mundo de menguados de toda laya, en el que no ha de faltar quien nos abra el cráneo en defensa de la libertad de expresión al oír estas cosas. Y tampoco vale la pena, a mi juicio, arriesgar la salud, ni siquiera el sosiego de un momento, por el gobierno de los filósofos. Más cuando éste, y todo hay que decirlo, jamás ha dado fruto terrenal alguno digno de alabanza. La democracia, en ese ámbito de aplicación, tiene al menos en su favor ser un régimen que hace prosperar enormemente los negocios. Cualidad nada despreciable, ¿no le parece a usted?

¿Que usted no piensa demasiado en estos asuntos? No seré yo quien se lo censure. Mi secretaria, una joven que acompaña sus, según parece, notables atractivos físicos con una innegable sensatez, me dice siempre que me enredo en reflexiones de esta naturaleza: «La política, señor Paz, ya no interesa a nadie.» Y que así sea, por más que me rebele en apariencia, me tranquiliza no sabe usted cuánto. No se deje intimidar si alguna vez le echan en cara su escaso espíritu ciudadano. Los apáticos, en política, han hecho a lo largo de la historia mucho menos daño al mundo que los exaltados. Y si es cierto que alguien tiene que presidir el gobierno, administrar el municipio o representar a los honrados trabajadores, no es menos cierto que, a la hora de la verdad, siempre hay más candidatos que puestos para tales menesteres. Pocas cosas le gustan más al hombre que mandar, aunque el mando no sea ya nada más que aparente.

Que no le vengan a uno con zarandajas. El bien común tiene nombres y apellidos. El bien común de Raticidas Jiménez Paz consiste en la higiénica desratización de nuestros grandes centros urbanos. Y podría cansarle a usted repitiéndole que las dos más grandes epidemias de peste conocidas por el hombre fueron originadas por las ratas o que en el amplio espectro que conforman las zoonosis, ratas y ratones ocupan un lugar de privilegio. Podría remontarme más lejos, hablarle de las primeras agrupaciones urbanas, de la revolución neolítica, de las guerras del Peloponeso... Usted es un hombre inteligente y habrá podido deducir que Jiménez Paz no extermina ratas para vengar la muerte del insigne Pericles. Jiménez Paz envenena sin escrúpulos esos inteligentísimos roedores simple y llanamente porque en ello le va el puchero. ¿Cree acaso que nuestros ministros y diputados actúan a impulsos de ideales más nobles? No sea ingenuo. A nuestros ministros y diputados, contra quienes, dicho sea de paso, no tengo nada personal, les importamos un bledo usted, yo, las ratas, la peste y el porvenir del mundo. Así como suena, un bledo.

Ellos se desharán en argumentos en sentido contrario, faltaría más. Le hablarán de su innato patriotismo, de la descomunal voluntad de servicio que inspira el menor de sus actos, de las llamadas varias de su conciencia a la preocupación por la cosa pública. Se extenderán sobre el peso de la púrpura, le enumerarán un sinfín de sacrificios que usted jamás había considerado hasta entonces como tales, le darán noticia de dolorosísimas renuncias, alienaciones, desgarros, soledades, etcétera, etcétera. Pamplinas. Los excelentísimos señores ministros, los no menos excelentes señores diputados, mis queridos alcaldes y concejales están en su puesto con el solo objetivo, y por la única razón, de ganarse los garbanzos. Del tipo que sea. Ya sabe usted: no sólo de pan vive el hombre. Garbanzos metafóricos, si quiere; pero garbanzos al fin y al cabo. Cualquier otro motivo que se aduzca es puro cuento chino. Sus excelencias son una cuadrilla de embaucadores y sinvergüenzas del peor jaez, a la que sólo libra del patíbulo su individual marrullería y la universal sospecha de que, si no nos gobernasen ellos, nos gobernaría en su lugar otra cuadrilla de bandoleros quién sabe si no mucho más lesivos.

¿Qué me dice? ¿Que, a su juicio, ni siquiera eso debería salvarles? Caramba, caramba. Aquí realmente me ha cogido usted con la guardia baja. La apatía es una cosa, pero lo suyo, en verdad, excede los límites de lo que yo entiendo por tal. Para no pensar en estas cosas, es usted definitivo. Y yo que le había tomado por un tanto acomodaticio. ¿No estaré hablando, sin saberlo, con un ecologista? Otra clase de radicales, que yo sepa, ha desaparecido hace mucho tiempo del planeta. ¿Que no es usted ni ecologista ni nada por el estilo? ¿Que puedo considerar humorísticamente su comentario, si eso me tranquiliza?

Pues me tranquiliza horrores, la verdad sea dicha. Cuando se viaja en primera no es inusual tropezarse con ese tipo de extremistas. Y es lo que digo yo: «Un mínimo de sentido común, señores míos». Cuando se viaja en primera hay que tener siempre un límite: el de la conservación del asiento. En el espacio físico y teórico del compartimento, nada más estimulante que un agudo sentido crítico. Pero sin abrir las puertas. ¿Quién puede estar seguro de lo que va a entrar? Yo, desde luego, no; y tanto por naturaleza como por situación en la vida, me inclino a presagiar lo peor. Un punto de iconoclastia, perfecto; una línea ilimitada de nihilismo, de ninguna de las maneras. Yo, amigo mío, soy ciego, y los ciegos (aunque no seamos esos recelosos crónicos por los que nos quiere hacer pasar la leyenda, como ya le he aclarado) hemos de ser prudentes. ¿Quién le asegura a uno que los fabricantes de raticida vayan a tener un puesto en la república de los filósofos? ¿Quién le garantiza que al paraíso social no vaya a llegarse por el intermedio de la cremación de ciegos?

Un joven inteligente como usted debería prevenirse contra el exceso de confianza en el progreso. En este terreno la historia está llena de espeluznantes pasos en falso y sobrecogedoras caídas en el vacío. ¿Tan fuera de lugar le parece la súbita irrupción de un iluminado que preconice la nacionalización de los raticidas o el exterminio sistemático de los ciegos? Antecedentes, no voy a decir que peores, porque para mí nunca lo serían, pero por lo menos similares, tenemos ya. Y no sólo en alguna remota república de africanos recién manumisos. Barbaridades para quitarle a uno la respiración han acontecido entre nosotros, entre perfectos caballeros, educados lectores, exquisitos melómanos y respetuosos propietarios de gatos siameses y perros de compañía. No le hablo de macabras y mal documentadas hazañas de salvajes o cavernícolas. En esta materia, todos tenemos un cadáver sin pudrir del todo colgando del perchero. Hágame caso, no juguemos con fuego.

Cuesta refrenarse, qué me va a decir usted a mí. ¡Se oyen tantas majaderías a lo largo de la jornada! ¡Se asiste a tan pobres espectáculos intelectuales! ¡Tienen tal propensión nuestros hombres públicos a meter la pata y, más lastimoso aún, a emporcarlo todo al intentar sacarla! Pero hay que resignarse. Si bien se medita, se trata de inconvenientes menores, de incordios soportables con un poco de paciencia. El imperio de la burricie, en sí mismo, representa poco más que una contrariedad irritante. Con lo que hay que tener mucho cuidado es con la mística de la burrada, y usted me sabrá perdonar el juego de palabras, tan censurado por la Academia. Dejemos que los asnos rebuznen en paz, amigo mío, todo es acostumbrarse. Lo peligroso es cuando empiezan a dar coces. Porque hoy sólo le dan coces a éste y mañana al otro; pero pasado mañana, la semana siguiente, el año próximo, cuando sea, nos las acaban dando a nosotros.

Créame, en esto hay que ser prácticos, en esto hay que apostar por la mediocridad. La historia avanza como un río sólo cuando se contempla desde la perspectiva del progreso técnico. En términos morales, la humanidad se agita, no me atrevo siquiera a afirmar que avanza, como las ondas marinas, con sus correspondientes flujos y reflujos, esporádicas calmas y súbitas tempestades. Cuando uno se encuentra por encima del nivel de las aguas, lo mejor es darse por satisfecho y no quebrarse la cabeza pensando si se sube o se baja. Lo que haya de suceder, si es lo peor, sucederá de todos modos, y si pudiera ser lo mejor, lo único que conseguiremos con nuestros torpes manoteos es llamar la atención de los tiburones, que nunca faltan en los voraginosos mares de la historia.

¿Iba usted a decir...? No, por favor, no se reprima; un ciego no es un menor de edad. Sin tiquismiquis, se lo ruego. A sus anchas. ¿...? Pues sí, amigo mío, sí; no va usted tan descaminado. En efecto, yo soy, en eso, un poco como el paralítico del chiste de Lourdes. Mis motivos tengo, sin embargo. Póngase usted en mi lugar sólo por un momento. A un ciego no hay que bajarle los pantalones y mirarle el prepucio para comprobar que es diferente. Un ciego es la singularidad más manifiesta que se pueda echar cualquiera a la cara. El ciego, como el negro, es evidente de manera rabiosa, sin disimulo posible. Y la notoriedad de la diferencia irrita, provoca, sube la sangre a la cabeza. «¡Pero qué se creerá el tiparraco este!», se acaba pensando.

Nada más lógico, por tanto, que esa ligera, y sólo ligera, esquizofrenia que padecemos los ciegos. En el plano teórico, nos contamos entre los más acerbos críticos sociales. En el práctico, sin embargo, nos alineamos sin vacilación en las sumisas filas conservadoras. Sus excelencias, contra los que, insisto, no abrigo ninguna inquina personal, son unos manifiestos patanes. Muy bien. Eso no hay quien lo discuta. Pero no resulta menos innegable que, o mucho han de cambiar las cosas, o no se convertirán en los Nerones de los invidentes, como se dice ahora. Demasiado vulgares, alicortos y estreñidos espirituales para ello. Nerón era un poeta. Un pésimo poeta, si se quiere, pero un poeta. Nuestros ministros y diputados son, todo lo más, unos cuentistas. Y los cuentistas raramente se entusiasman con las cruzadas, ideal sublime, cuyo goloso paladeo requiere papilas gustativas con muchos más matices. Mientras ellos, o cualquiera de los muchos exactamente como ellos que pugnan por sucederles, sigan en sus puestos, podemos viajar tranquilos: la paz y la libre empresa están aseguradas. Que no es poco, aunque a usted se le haga cuesta arriba aceptarlo. Lo demás son entelequias, fugas fantásticas, funambulismos líricos. Una empresa próspera, un agradable viaje en primera clase, una conversación tan gratificante como la que estamos manteniendo, ¿qué más puede en realidad ofrecernos la vida?

Ya se irá usted dando cuenta: no la felicidad, vana quimera, sólo las formas más elementales de la dicha tienen sitio real en este mundo. Desprécielas usted por mor de los ideales absolutos, y no tardará en llegarle el día en que descubra que, donde tenía ilusiones, la vida le ha dejado tan sólo ocasiones perdidas. Amigo mío, hay que ser prácticos. En el punto medio puede que ni siquiera se encuentre la virtud, concepto demasiado elevado como para coquetear con el compromiso, pero se halla probablemente la única esperanza que, por modesta, cabe de modo razonable aspirar a satisfacer. Conservar el compartimento, seguir matando ratas, son objetivos que no debiera usted calificar de mezquinos. Son, simplemente, objetivos alcanzables. Los únicos dignos de tal nombre.

Y no se crea, no, que yo también he padecido mis sarampiones. A su edad, para que se haga usted idea de qué le hablo, hasta se me pasó por la cabeza, y algo más que pasárseme, el proyecto de organizar una revolución de ciegos. La menor injusticia me hacía subir por las paredes y las noches se me iban en un «esto no puede ser» y «lo otro no puede tolerarse». Pero con los años uno va comprendiendo que, en la vida que nos ha tocado vivir, aun pasando algo más de lo que se cuenta en las novelas que me lee mi secretaria, lo que pasa tampoco es para tanto. ¿Qué es, si somos sinceros, la patanería de la caterva de salteadores que nos gobierna comparada con la renta *per capita* de Malaui, la esperanza de vida en la República Centroafricana (antes imperio) o el contenido calórico de la dieta del mozambiqueño medio? Una nadería, tendrá usted que reconocer.

No perdamos la perspectiva. Eso es lo último que se debe perder. A los veinte años es muy fácil dejarse llevar por la pasión. Pero, considerando los hechos con la frialdad que requieren, se impone admitir que vivimos en el mejor de los mundos. ¿O es que se puede aspirar razonablemente a algo más que tener el poder adquisitivo de setecientos negros, vivir hasta los noventa años y comer el doble de las calorías recomendadas por la FAO? Pedir, además, que nuestros políticos no roben, no metan la pata o tengan un poco de vergüenza es ya pedir la Luna.

Hágame caso, amigo mío, hágame caso, le hablo como podría hablarle un padre: déjese de ensoñaciones utópicas. Siga mi ejemplo. El mundo que pisamos, con todas sus imperfecciones, está lleno de oportunidades para quien tenga la habilidad de aprovecharlas. Sólo hace falta saber guardar un poco las apariencias. Y nadie le está pidiendo que comulgue con ruedas de molino. Basta con el respeto formal, y nada más que formal, a media docena de elementales convenciones. Con eso, y un poco de buena fortuna, que, como decía Aristóteles, nunca sobra, se le abrirán todas las puertas. No se precisa más.

Ahora bien, eso hay que llevarlo a rajatabla. La corbata, por así decir, hay que ponérsela todas las mañanas, sin excusa que valga. Tanto si se adecua a nuestra forma de ser, tal que en mi caso, como si nos produce urticaria. Quien algo quiere algo le cuesta. Todos tenemos que pasar nuestros tragos amargos. ¿O piensa usted que a mí me agrada, por ponerle un ejemplo irritante, perder el tiempo esperando el turno para votar en cualquiera de los incontables e inútiles comicios a los que se nos convoca cada dos por tres? ¡Como si no tuviera yo otras cosas que hacer! Sin embargo, ahí me encontrará usted siempre, guardando mi turno como el mayor borrego. En las elecciones generales, en las autonómicas, en las municipales, en las europeas, en toda suerte de referendos, en cualquier tipo de ridícula consulta. Luego, sin excepción, voto en blanco. Pero las convenciones son las convenciones. Y cumplido con el trámite, a mis ratas, como todos los días. A mis ratas, que, escúcheme usted bien, tarde o temprano nos sucederán en el trono de la Tierra.

¿Que qué le digo? Lo que oye; no se me dispare. El gran Albert Einstein, mucho antes que este modesto servidor de usted, ya se planteó tal eventualidad y la estimó más que plausible. «Si las ratas pesaran veinte quilos más, el hombre no sería el dueño del planeta», dijo el eminente autor de la teoría de la relatividad. ¿Y qué son veinte quilos?, le pregunto yo a usted. El caballo comenzó su andadura por los caminos de la evolución con el tamaño de un caniche mediano, poco más o menos.

¿Y parece haberla acabado en el hipódromo, dice usted? Cierto, lo admito. Pero no caigamos en la ocurrencia graciosa. Y no es crítica, no. Lo que quiero es dejar bien sentadas las cosas. La rata, amigo mío, no es el caballo. El diminuto cerebro de la rata (de apenas el tamaño de una alubia) es capaz de efectuar importantísimos esfuerzos psíquicos. Problemas matemáticos cuya resolución traería en jaque a muchos de nuestros escolares, los resuelve la rata con una facilidad que pasma. Déles usted tiempo. Las ratas, se lo digo yo, acabarán viajando en trenes como éste, o en sus equivalentes del momento. Con las ratas no hay quien pueda, y eso lo sabe mejor que nadie Jiménez Paz. Ciento diez años en el oficio, me concederá usted, son ya algunos años.

Yo me he permitido escribir un opúsculo delineando en esbozo la gigantesca dimensión del problema y urgiendo, al tiempo, a la acción coordinada de ámbito mundial a través de la ONU. *Dominarán la Tierra*, lo titulé. ¿Le suena? No cree. Me lo suponía. La verdad es que se trataba de una edición de autor y de distribución, por desgracia, muy deficiente fuera de los círculos especializados. En mi somero folleto, sin embargo, y aunque no sea yo el más indicado para decirlo, se ponían los puntos sobre las íes a más de un aspecto clave de la cuestión. El mero esfuerzo desratizador, por muy espectacular que resulte, afirmaba yo, no terminará nunca con ratas y ratones. Contra la rata se han ideado a lo largo de la historia multitud de defensas. Desde el familiar gato doméstico hasta los más sofisticados productos sintéticos que imaginarse quepa, pasando por la amplia gama de las trampas, los repelentes, los venenos, los gérmenes y los selectivos sexuales. Todas, óigame bien, todas, han resultado inadecuadas. Unas se evidenciaron simplemente ineficaces; otras, escasamente apropiadas; las más, peligrosas para los animales domésticos y el propio hombre.

La utilización por O'Connor del dicumarol en dosis débiles y repetidas llevó a muchos a lanzar las campanas al vuelo. Su toxicidad es mínima para los animales domésticos y despreciable para el hombre, no provoca sospecha (habida cuenta de su efecto retardado) y no ha hallado aún focos de resistencia dignos de consideración. En teoría, el raticida perfecto. Pero, ¡ah, amigo mío!, una cosa es el raticida perfecto y otra la eliminación definitiva de las ratas de los subsuelos urbanos. Una cosa es la teoría y otra, como todo el mundo sabe, aunque muchos de mis colegas prefieran olvidarlo, la práctica. Un simple raticida, por muy eficaz que sea, no acabará jamás con las ratas. Mejórelo, como se ha hecho, en fórmulas solubles y agregados de antibióticos o sulfamidas a fin de impedir la biosíntesis de la vitamina K; haga lo que le parezca: no servirá de nada. Estamos ante una regla de tres muy elemental: cuantas más ratas se maten, más ratas nacen. Matemos aún más de las muchas que matamos, y ya me dirá usted.

A lo que hay que ir, como yo apuntaba en mi folleto, es a la construcción de la ciudad antirrata. No hay otra opción. No hay alternativa ante la que pararse a considerar. Y lo decía entonces, y lo repito ahora, sin el menor afán de lucro personal. Mitad desde una perspectiva técnica, mitad por una preocupación humanística. Aunque me consta que ha habido quienes han querido descubrir en mi obra un intento deshonesto de amedrentar a la población en beneficio de Jiménez Paz. Fíjese usted, una obra en la que se reconoce en todo momento el reducido poder de resolución de los raticidas y se defiende su masiva utilización sólo como arma de apoyo y en conjunción con muchas otras. Qué le vamos a hacer. Se lo repito: no hay peor ciego que quien no quiere ver.

Porque el peligro está ahí. Y hay que atajarlo en las alcantarillas, en los subterráneos del metro, en los conductos del gas, en los cimientos defectuosos. Los múridos saben lo que se hacen; su presencia en los subsuelos urbanos no es casual: responde a una estrategia largamente meditada. Tuberías de baja calidad, fábricas mal rematadas o alcantarillas seculares constituyen un objetivo ideal y un perfecto medio ambiente para estos roedores. La antigüedad de las ratas y ratones sobre el planeta es posiblemente cincuenta veces superior a la del hombre. En ese tiempo, sometidos a la presión de predadores tan especializados como el gato, la gineta, las aves rapaces o el meloncillo, han desarrollado una perfecta visión en la oscuridad. El día en que unos bípedos advenedizos deciden a su lado ponerse a construir ciudades donde dormir como ceporros hasta el amanecer, les toca la lotería. Porque mientras nosotros dormimos, ellas, como dice nuestro anuncio, no descansan. Y hasta que no se comprenda eso, no se irá a ninguna parte.

En fin... Soy incorregible. Ya he tenido que hablarle de la ciudad blindada. ¿Y de la biosíntesis de la vitamina K, la gineta y el meloncillo? Excúseme; hace usted que me avergüence. Nada de peor gusto que el sermón del visionario. Al fin y al cabo, todos tenemos derecho a condenarnos. Yo soy el primero que, cuando me llega un testigo de Jehová a casa, le despido con cajas destempladas. Pero forzoso es comprenderlos. Pongámonos en su lugar: el cargo de conciencia que debe suponer el vernos caminar con el más insensato desenfado a las llamas eternas. Algo muy parecido me sucede a mí cuando sale a colación el problema de las ratas. No se dan ustedes cuenta de lo que tienen debajo. No lo dude, amigo mío, un verdadero polvorín. Todo lo que se diga es poco.

Mi secretaria, joven tan inteligente como llena de entusiasmo, insiste en que debería escribir un segundo libro. *Una bomba de relojería*, tendría, según ella, que titularlo esta vez. A su juicio, con un título semejante no podría pasar desapercibido en un mercado tan trabajado por la novela negra y el cine de acción. Es posible. Pero yo, sinceramente, soy algo escéptico. El escaso eco de mi primer trabajo literario, he de confesárselo, me ha dejado muy mal sabor de boca. No se puede usted hacer una idea de cuántas horas le dediqué. Pocas labores resultan más fatigantes que la creación literaria, aunque sea del modesto fuste de la que yo me he atrevido a encarar. La creación requiere no sólo de mejores ojos, sino, además, un talante mucho más autoritario que el mío.

Crear, amigo mío, es ante todo un acto de caprichoso despotismo. El creador no precisa tanto de la inteligencia, la sensibilidad o la cultura, como del más desaforado menosprecio por la libertad. El creador no puede ser un moderado, un hombre sensato, un espíritu justo, como yo me considero a mí mismo. Frente a la multiplicidad inconmensurable de la potencia, el acto es sólo uno, y el creador no puede permitirse el lujo de pensárselo demasiado. Como el autócrata, como el tirano, debe estar impregnado de una fe sin fisuras en la superioridad absoluta de sus dictámenes y de una desestima total de las consecuencias del error. «Usted sabrá disculpar esta posible intromisión», le he dicho yo al comenzar este viaje. Imagínese por un instante que nuestro viaje, en lugar de tal, fuese una de esas execrables novelas sobre las desdichas de un creador menopáusico, hoy tan en boga; ¿no debería estremecerme ante la responsabilidad que me habría echado sobre los hombros con esa frase, sólo en apariencia trivial? «Hace calor», podría haberle comentado. Y este viaje hubiese sido otro libro. Para empezar, no habría habido ya rebaños, desplazados por la canícula a pastos más frescos. Después, quién sabe si usted no habría acabado viajando en compañía de su novia o esposa o si hasta yo hubiese sido manco y no ciego... Medite, se lo ruego, medite; el asunto lo merece.

El arte, la literatura, no es problema de talento, es cuestión de temeridad y jactancia. Yo estoy persuadido de que las mejores obras han dado vueltas y más vueltas en la cabeza de los mejores autores sin que hayan encontrado nunca su lugar en la historia de lo real. Lo que nosotros conocemos por cumbres de la creación no son sino sucedáneos que, más que la genialidad, ponen en evidencia la enorme proclividad del ser humano a pactar con la vida y, por así decirlo, seguir en el tren, en vez de tirarse a su paso. Las obras realmente geniales se han ido al éter al volar la tapa de los sesos de sus desesperados autores o, menos ruidosamente, han quedado atrapadas en el dilema insoluble de si comenzarlas con el artículo «la» o con el artículo «el». Los subproductos que rodeados de la aureola de la genialidad han llegado hasta nosotros constituyen meros testimonios de la extraordinaria capacidad humana de convivencia con la escualidez de nuestras fuerzas. Pero la verdadera grandeza nada tiene que ver con eso. Es algo que no sólo supera el limitado vigor de los mortales; sobrepasa también, ¡atención a esto!, las cualidades de la propia divinidad, que, en último término, ha tenido que conformarse con crear un solo orden universal, entre todos los infinitos y posibles.

¿...? No, claro que no; no es que yo aspire a más. Dónde va usted a parar. No quiero decir eso, sino todo lo contrario. Quiero hacerle notar que mi modesta persona no llega ni siquiera a eso. Darle a entender otra cosa, aun veladamente, sería indecoroso, partiendo del autor de un único y humildísimo texto impreso. Pero, quién sabe, quién sabe, a lo mejor a lo largo de lo que queda de viaje aún acierto a transmitirle una impresión de mi persona en la que no deje usted de reconocer facetas de mayor interés que la fabricación de un prestigioso raticida. Si no es así, me sentiría decepcionado. Tenga usted en cuenta que, pese a todas las dificultades, las yemas de estos dedos han conseguido pasar ya por encima de muchas páginas tenidas por meritorias. Y no hay nada más contagioso que la literatura. La buena y la mala. Acuérdese usted de Don Quijote.

¿Que se acordará, si tanto empeño tengo, pero no cree que sea de particular relevancia en su caso? ¿Que usted no lee más que el periódico, y no entero? Vaya. Una pena, a mi juicio. Pero, claro, cada cual es cada cual. Me va a permitir, no obstante, una pregunta: ¿y en qué ocupa usted su tiempo? (...) Ya... En otras cosas. Magnífica respuesta, sí, señor. Perdone mi torpeza. Los ciegos vivimos horriblemente desconectados del presente. Todo nos llega con retraso, y nos sigue costando creer que pueda haber mayores placeres que la reposada lectura de un libro. Una estupidez, evidentemente. ¡Han de ser tantas las cosas en que pueda ocupar su tiempo un hombre joven y saludable como usted! El mundo moderno ha de ofrecer una miríada de espectáculos y actividades excitantes. Qué duda cabe, cuando tantos, como usted, son los que simplemente hacen «otras cosas» para pasar el rato. Le agradezco que me lo haya subrayado de modo tan elegante. Uno se acostumbra hasta tal punto a sí mismo que corre el riesgo de olvidar que no constituye el único ejemplar humano del orbe, que no todo el mundo está ciego, que hay jóvenes sanos y vigorosos a los que interesan «otras cosas».

Nada que oponer. Personalmente soy de los que piensan que «un libro ayuda a triunfar», como decía un anuncio institucional lo bastante antiguo como para que usted no lo recuerde. Pero reconozco que se trata de una opinión muy mediatizada por las particulares circunstancias que concurren en mi persona. Voces tan autorizadas como la de Platón sostienen, por el contrario, la tesis de que el porvenir es siempre de los iletrados. El mundo, decía Platón, se destruye sucesivamente por el agua y por el fuego. Cuando le corresponde el turno a la primera, sólo sobreviven los agrestes cabreros, que habitan en los riscos. Y cuando llega la hora de la destrucción flamígera, sólo se salvan los pescadores, que moran en la vecindad de ríos, lagos y mares. En cualquiera de los dos casos, de lo que no queda duda es de que perecen poetas y filósofos, junto con otras especies ilustradas y leídas.

Y Platón, hay que reconocerlo, sabía lo que se decía, al menos en lo que a esto se refiere. Cuando soplan vientos de transformación, lo primero que se llevan por delante es la cultura. En horas de crisis, nadie lee versos. La historia recomienza siempre de cero y sólo más tarde siente necesidad de ir desenterrando restos. De forma que, a la postre, probablemente hace usted mucho mejor que yo. El día menos pensado llega el agua o el fuego, y a usted lo encuentran en forma y alerta y a mí me cogen deletreando laboriosamente un libro pasado de moda hace doscientos años. Yo termino el viaje y usted se queda en el tren para reiniciar la Historia.

Mi madre, platónica sin saberlo, repite a este respecto una frase que yo he acabado por considerar irrefutable. «Pase lo que pase, el mundo siempre precisará de descargadores de pianos», dice ella con aires de lamento. No se lo tome a broma. La pobre, es cierto, se excede en la utilización de la sentencia. La energía muscular desarrollada por los cuatro mastodontes que subieron hasta el quinto piso en que vivimos la media tonelada de piano Steinway que yo siempre he conocido en el salón de casa debió de causarle en su día una compleja mezcla de admiración y terror social, y no hay crisis política, dificultad mercantil o noticia catastrófica de cualquier orden que no ponga en sus labios un resentido: «Pase lo que pase, el mundo siempre precisará de descargadores de pianos.» En según qué momentos y en depende qué circunstancias, he de admitirlo, no deja de resultar molesto. Usted ya sabe cómo son las madres. Pero, eso al margen, el juicio que pretende formular, no me retracto, me parece extraordinariamente certero. Cuanto más lo medito menos dudas me caben de ello.

La reiniciación de la historia, intenta decir mi madre a su manera, requiere, sobre todo y por encima de todo, de cualidades físicas. Los nocturnos vienen después; primero hay que meter el piano en casa. Sólo los privilegiados capaces de sostenerlo durante diez tramos de escalera tendrán siempre asegurado un lugar bajo el sol. El resto habrá simplemente de depositar su suerte en manos del azar y esperar que éste les sea favorable y no mande ni el agua ni el fuego, tras los cuales la supervivencia será asunto de tirar de la cuerda, cavar zanjas o cualquier otra ordinariez por el estilo. Lo que a mi pobre madre, después de cuatro generaciones de Jiméneces y de Paces fabricando matarratas, se le antoja un infame atropello de los derechos adquiridos; pero acaso no sea más que un legítimo mecanismo de compensación de la historia.

¿Le sorprende a usted mi resignación? No debiera. Los lectores de los clásicos somos así: lo comprendemos casi todo. Del barroco para abajo, la literatura contagia por ese lado. Uno, sensible como es a las buenas letras, no puede dejar de emocionarse cuando un anuncio proclama osada y noblemente: «Un libro ayuda a triunfar». (¡Qué diferencia con el «Martini te invita a vivir» e inmundicias por el estilo. Frente a tan alto modelo, hasta a mi propio *spot* estoy dispuesto a reconocerle un punto de chabacanería.) Pero esa emoción no es óbice para que no sepamos admitir la realidad en toda su crudeza. Si hubiera leído usted a Marco Aurelio, no tendría que darle más explicaciones.

Y ya está bien de literatura. No es mi intención convertirle. No me agradaría, además, que me tomase por un estoico. Yo me considero a mí mismo más bien todo lo contrario. Responsabilidad, rigor, respeto a las formas, todo cuanto haga falta; pero de ahí a concebir la vida como una carga a soportar espartanamente... La vida está llena de buenos momentos, ofrece todo tipo de satisfacciones. No sé por qué, de verdad, ha acabado por aparecer Marco Aurelio en nuestra animada charla. ¿No le sucede a usted que son precisamente las ideas con las que menos identificado se siente las que con mayor pugnacidad llaman a la puerta de su existencia? (...) Ya... A usted le pasa con las mujeres; le da la sensación de que siempre se acaba acostando con la que menos le gusta. Mucho más pegada a la tierra su fuente de inspiración, como era de anticipar. A mí me ocurre con los filósofos. Pero admito que no le faltan a usted argumentos para defender una cierta similitud entre nuestros casos.

De todos modos, había prometido no molestarle más con estas reflexiones.

¿Le gusta a usted la música? (...) Sólo la bailable. (...) Y no se refiere usted al vals. Ritmos más movidos, me supongo. (...) ¿Muchísimo más movidos? Mi querido amigo, tal y como se me va descubriendo usted, no cabe la menor duda de que es un verdadero tanque, si no se lo toma a ofensa. De la literatura, sólo los periódicos, y del arte de la dulce Euterpe, nada más que lo que induce a fogoso ajetreo. Con usted no pueden ni mis prolíficos roedores. Es usted el descargador de pianos del siglo veintiuno. Con esa disposición, cualquiera le tose. Si alguna vez siente interés profesional por los raticidas, se lo ruego, no se olvide de este providencial encuentro. Sería imperdonable que un talento como el suyo se malograse al servicio de la competencia, un mixtifori desbaratado y sin la imprescindible visión de futuro. Jiménez Paz siempre sabrá hacer un hueco a un hombre de su calibre.

¿Que me lo agradece, pero que tiene otros proyectos? (...) ¿Grandes proyectos? Pues qué quiere que le diga, me alegro por usted y lo lamento por Jiménez Paz. En la fase de expansión en que nos encontramos, con un filósofo en la empresa, Platón sabrá perdonarme, basta y sobra. Lo que se precisa ahora son jóvenes dinámicos como usted. La nuestra es una empresa de raíces familiares y, aunque afortunadamente todos nos llevamos de maravilla, nunca daña una inyección de sangre nueva.

Una lástima, una verdadera lástima, que tenga usted otras ideas en mente. Aun así, no se olvide de mi oferta. Déjeme que busque... Aquí tiene mi tarjeta. El teléfono que debe aparecer en el ángulo inferior izquierdo es el directo. Si algún día, por la razón que sea, decide dar un rumbo diferente a su vida, llámeme. Acabaremos entendiéndonos. No le echen para atrás mis divagaciones filosóficas. Yo me levanto todos los días a las siete. Haya dormido como haya dormido. Habla usted con un hombre de empresa concienzudo y dedicado como el que más. Un hombre de empresa con el que, no lo dude un segundo, se puede trabajar con ilusiones de futuro. (...) ¿Que no le cabe duda, pero su vocación es otra? (...) ¿De todos modos, y para demostrarme que no le disuaden mis divagaciones filosóficas, guarda usted mi tarjeta, por lo que pudiera suceder? Bien hecho. ¿Se da cuenta? Es usted de los míos, a pesar de las diferencias superficiales que parece que tenemos. Ninguno de los dos olvida que el mundo da todos los días una vuelta. Y frente a esa verdad imponente, ante esa identidad de orden superior, ¿qué importancia puede tener la particular relación que cada uno de nosotros entretenga con el tres por cuatro? Ninguna, evidentemente. Eso son minucias, fruslerías, bagatelas, repulgos de empanada.

No hay que dejarse descaminar por lo accesorio. Usted y yo tenemos muchas cosas en común. De lo contrario, ¿cree que hubiéramos coincidido en este compartimento? Yo lo dudo. Para mí tengo que estos encuentros, aparentemente casuales, se rigen por geometrías acaso oblicuas, pero responden también a los principios elementales de atracción del amor y el odio. Un joven como usted no puede realizar un viaje como éste con el solo propósito de contemplar cómo van quedando atrás los rebaños, por más infantiles fervores que eso le devuelva. El encuentro de los hombres está claro que no depende siempre de su voluntad, pero me cuesta creer que se decida tan sólo al albur de la carta más alta. La mecánica celeste no mueve únicamente las estrellas.

Convénzase, un destino inescrutable, pero no estúpido, nos ha puesto a usted y a mí hoy frente a frente, sabedor de que no nos habían de faltar cosas que decirnos.

Para demostrárselo, y persuadido como estoy de su discreción, le voy a confesar un secreto: yo, a su edad, también bailaba. Y tampoco el vals. ¿Que le dejo a usted de una pieza? ¿Que no bailaría...? Pues exactamente, amigo mío: el *rock and roll* era lo que se bailaba entonces. Como fue se lo cuento. Dígame ahora si no tengo un punto de razón al defender la comunión de nuestros espíritus. Todo es cuestión de escarbar un poco, de no abandonar nunca a la primera. Uno se pregunta a veces: «¿Pero qué puedo tener yo que decirle a éste o al otro?» No nos descorazonemos; casi sin excepción, la respuesta es: «Algo habrá.» Un ser humano ha de tener siempre algo que decirle a otro ser humano. Más tratándose de seres humanos sensatos e inteligentes. El que se le comprenda a uno del todo, el que lo que se diga sirva o no de algo a la larga; eso ya es harina de otro costal. Pero hablar es raro que no se pueda hablar de nada.

¿Quién le iba a decir a usted, por ejemplo, que podíamos acabar intercambiando pareceres sobre el *rock and roll*? Sin embargo, podemos, y no por ello ha descarrilado el tren. «No hay que ir al mercado con una idea preconcebida de lo que en él vamos a comprar o a vender», me decía siempre mi padre. Y mi padre, hagamos abstracción ahora de los inevitables errores en que incurrió al final de sus días, conocía el percal. Dejemos esas preconcepciones raquíticas para quienes, cuadriculados por naturaleza u oficio, se conforman con abrevar a diario en las aguas de la gaznapirez. Usted y yo, espíritus de élite, tenemos que aspirar a mucho más. La vida no es más compleja que todas sus explicaciones, pero tampoco es la simpleza que pretenden algunos. El más serio hombre de negocios puede haber bailado el *rock and roll*, ser ciego, leer a Marco Aurelio y saber degustar como se merece un buen whisky de veinte años, entre otras muchísimas cosas. Uno quiere y repudia, teme y disfruta, va y viene...

¡Ah!, si yo le contara... Usted me ve aquí con mi imponente traje gris y mi distinguida corbata burdeos, y se le hace cuesta arriba imaginarse que también yo haya sido joven. No se lo reprocho; hace ya tanto tiempo, que hasta a mí me cuesta un poco creérmelo. Sin embargo, no se trata de ninguna ilusión, yo también he sido joven. Y si yo le contara... Cuando pienso en ello no siempre consigo reprimir un: «¡Qué tiempos aquellos!». A usted le parecerá un tópico, pero ya se dará cuenta de qué le hablo. Ahora le dispersan aún muchas pequeñeces. Los árboles le impiden ver el bosque, como vulgarmente se dice. Pero deje usted pasar los años; entonces se hará cargo cabal de lo inmensamente dichoso que ha sido. El que hoy le dé la impresión de que no todo es perfecto es lo de menos. Luego comprenderá cuánto exageraba la nota en sus fracasos y sólo le admirará la idea de que, un día lejano, usted también fue joven. Evidencia insípida, dirá usted. Pero incuestionable y, como tal, pujante como pocas en su función motriz de la imaginación. Porque, si fuimos más jóvenes, ¿por qué no pudimos haber sido también más felices? ¿Qué nos lo impide a esas alturas, dígame usted, cuando de aquel tiempo tan remoto ya no queda, en realidad, nada?

Mi juventud, voy a abrirle el corazón, no constituyó ningún camino de rosas. Antes de convertirme en el equilibrado y sereno hombre de negocios que denota la perfecta armonía de este impecable traje gris y esta elegante corbata de seda color burdeos que debo de vestir, hube de pasar más de una hora muy baja. Ser ciego, una vez que se racionaliza el asunto, no supone más que un pequeño, y nada más que pequeño, contratiempo. Pero con la irreflexión de los pocos años, las cosas se sacan de quicio y los contratiempos no siempre se llevan con el talante que procedería en un lector de los clásicos. Ni siquiera los pequeños. La menor insignificancia hiere, abate o subleva. Cuando no todo a la vez. Y yo me sentí herido, abatido y sublevado con no poca frecuencia, para qué voy a mentirle.

Pero eso, al final, se olvida. Con el paso del tiempo, los sinsabores se digieren y sólo queda memoria de los momentos gratos. A treinta años de distancia, nada duele, porque, aunque se recuerde el dolor, no se recuerda cómo, en realidad, dolía. Los años lo modifican todo, hasta los propios años. Cuando se es joven se peca demasiado de lógico y se tiende a confundir el tiempo que se ha vivido con el pasado que se tiene. En la realidad, el transcurso del tiempo afecta al pasado exactamente en el sentido contrario: la edad dilata el hoy mientras que el ayer acaba resultando rememorable en el minúsculo lapso que dejan entre sí dos latidos del corazón. Y en ese lapso no hay tiempo para obcecarse en el dolor. A treinta años de distancia, otros treinta años son apenas un soplo.

¿Demasiado metafísico para usted, dice? Haga un esfuerzo. Tampoco hay que pasarse de pragmático: cuando se pasa uno de esa raya, acaba no llegando. La realidad se compone no sólo de todo lo que yo no puedo ver, sino de eso y también de todo lo que usted tampoco puede ver. Como gustaba de repetir mi tío el dominico: «No sólo vuelan los aviones, vuelan también los ángeles». En atención a su empíreo e invisible deambular, ha de estar uno abierto siempre a la consideración de problemas en los que dos y dos no necesariamente suman cuatro. Las matemáticas, como la democracia, tienen su ámbito de aplicación, y en él resultan un instrumento valiosísimo; pero en este mundo no todo se reduce a los balances mercantiles.

A tenor de esa realidad indiscutible, mi tío recomendaba acudir cada mañana al tratado IV de la parte I de la *Summa*

Teológica y preguntarse con el aquinatense: «¿Orinan los ángeles?». ¡Valiente majadería!, dirá usted. Y, hasta cierto punto, comprendo su actitud. Pero yo le digo una vez más: «No se precipite, mi joven amigo; reflexione.» Interesarse por la sublime vejiga de los seres angélicos no constituye una pirueta intelectual tan oligofrénica como en principio parece. Una pregunta como la que recomendaba mi tío, lejos de dejarnos flotando en el limbo del sinsentido, lo que hace es colocarnos firmemente los dos pies sobre la tierra. Porque el día en que el hombre renuncie a interrogarse sobre lo que acaso no tenga respuesta, habrá dado un paso irreversible hacia la progresiva incomprensión de cuanto, a lo mejor, sí la tiene.

Para que el principio de Arquímedes (que, en plata, no dice más que cuando se mete uno en la bañera ha de procurar que ésta no se encuentre llena hasta el borde, pues de lo contrario se acabará infaliblemente mojando el suelo), para que el principio de Arquímedes, digo, siga pareciéndonos fundamental, el hombre tiene que seguir interrogándose, como hacía mi tío, sobre los insondables misterios de la virginidad de la Virgen y la Santísima Trinidad. No digo yo que todos los días, lo que acaso sea excesivo, no tratándose de profesionales; pero al menos una vez a la semana. Los Tomases y Agustines que llevamos dentro tiran del carro del progreso con tanta o más energía que los Newtons o los Faradays. Ya no somos el centro del universo, sino, tan sólo, una de las incontables ruedas que giran. Ahora, más que nunca, urge que no volvamos la espalda al infinito. La idea de Dios debe continuar presente en nuestras meditaciones. Por más vueltas que le demos, no vamos a encontrar obra ni aspiración más acabada de la inteligencia humana.

No le convenzo del todo, ¿verdad? Paciencia. Lo siento por el bueno de mi tío, que lo hubiese tomado como un fracaso vicario. Pero, por lo que a mí respecta, me doy por satisfecho con haberle descubierto la existencia del tratado IV de la parte I de la *Summa Teológica*, libro al que le aconsejo con vehemencia que se acerque si en alguna ocasión le pica la curiosidad de leer algo más que el periódico. «Orto y ocaso del conocimiento», no se recataba en llamarlo mi tío, aun en la dolorosa consciencia de que con su elaborado elogio rozaba por igual el equivoquismo y la herejía. Hasta tales extremos le llevaba su pasión por el aquinatense. Yo, personalmente, no me atrevería a decir tanto. Pero, matices a un lado, libro, obviamente, imprescindible en la biblioteca de cualquier hombre que aspire a ser tenido por culto. Porque si la interrogación sobre las necesidades excretoras de los ángeles no le parece a usted de enjundia suficiente, qué me dice de ésta: «¿Pasan los ángeles por los espacios intermedios?». «Mente sin parangón la del hijo de la condesa Teodora Caracciolo», repetía incansablemente mi tío, a quien sus muchos años de confesionario le inclinaban a no dar de antemano por sentada la ascendencia paterna de nadie.

¿Sigo sin convencerle? Perfectamente. No vamos a estropear tan agradable viaje por eso. El aliento politeísta que anima en mi formación clásica modera cualquier celo persecutor de herejes que pudiera haberme inculcado mi bendito tío. «A cada cual sus dioses» es mi divisa. Yo me limito a insinuarle que nunca hace daño conocerlos todos. No hay mejor escuela de civismo ni de supervivencia. Por supuesto, no le pongo a mi tío como modelo a imitar. Pero sí como ejemplo a tener en cuenta.

¿Prefiere usted no pronunciarse sobre la persona de mi tío? Respeto su reserva. Mentiría, sin embargo, si le ocultase que creo percibir en su forma de expresión un tono de ironía maligna. Desmiéntame si me equivoco. ¿Calla? Me lo suponía. Ante las cosas del espíritu, un poco sarcástico. ¿No habrá ido usted al Liceo Francés? (...) ¿Más o menos? Ya... Una formación, la suya, más bien volteriana, quiere decir. Haya ido al colegio que haya ido. El Liceo Francés, bien pensado, debe de estar ya muy pasado de moda. ¿El Colegio Americano? (...) ¿Más o menos también? Vaya, vaya... Definitivamente, no es usted hombre de muchas palabras. Y no se lo tome como censura. Está en su perfectísimo derecho. Hasta ahí podíamos llegar, a cuestionar el derecho al laconismo. La educación de cada cual, y dónde la haya obtenido, por otra parte, tampoco es a lo mejor tan importante. Usted puede ser autodidacto o haber tenido un tío francmasón, y no está obligado a contármelo a mí. Si vamos a eso, tampoco yo le he contado quien me enseñó a bailar el *rock and roll*.

¿Que no sería mi tío el dominico, supone usted? Pues supone usted muy bien. Con mi tío jamás tuve ocasión de reflexionar acerca de la danza; pero todo me induce a pensar que no la contaba entre los escasísimos placeres cuyo disfrute merecían su sacerdotal bendición. Mi tío entendía al pie de la letra la metafórica identificación de este mundo con un valle de lágrimas. Severo se llamaba por bautismo y, según me confesó alguna vez, siendo yo ya un adulto, el verse obligado a cambiar de nombre al entrar en la orden le supuso uno de los mayores sacrificios de su vida religiosa. El celibato, los votos de obediencia y pobreza, nunca le plantearon conflictos de mayor gravedad. La renuncia a su nombre de pila, sin embargo, la arrastró hasta sus últimos días a regañadientes. Él se sentía en el nombre de Severo como en un traje talar de Pierre Cardin. Tras muchas meditaciones, acabó adoptando el sustituto de Raimundo. Pero, aunque se apresuraba a puntualizar que se había rebautizado con tal nombre en homenaje a san Raimundo de Peñafort, el azote de cátaros y albigenses, nunca llegó a resignarse a la pérdida. «Padre Severo, ¿no te parece a ti un magnífico nombre para un confesor dominico?», me preguntaba con frecuencia en su vejez. A esas alturas, el deterioro de sus cualidades mentales le había hecho ya olvidarse del pecado de soberbia, y harto menos le permitía recordar las muchas veces que, para entonces, yo ya le había repetido: «Magnífico, tío, realmente magnífico».

Pero estos son asuntos familiares, en los que es mejor no entrar. Y no por temor a desvelar ninguna interioridad inconfesable. En absoluto. La mía es una familia ejemplar. Muchas como ella tendría que haber en este país. La integridad de mi familia nada tiene que ver en mi recelo a profundizar en este terreno: generaciones y generaciones podría remontarme sin tener que soslayar una biografía por escabrosa o infame. Si prefiero no detenerme en los asuntos familiares, es por razones exclusivamente prácticas. En nuestra familia, y como corresponde a una ilustre estirpe industrial y mercantil, la conveniencia comercial ha imperado en todo momento sobre los dictados del corazón a la hora de establecer vínculos matrimoniales. Ello nos ha convertido en toda una potencia en el mundo del raticida, pero hace intrincada y difícil de seguir cualquier referencia genealógica, a consecuencia del alto índice de endogamia a que el fortalecimiento de la empresa ha obligado.

Entrar en detalles sería volverle loco. Hasta yo, sinceramente, me pierdo a veces. Mi abuela Basilia se rebelaba siempre contra esta declaración mía de incompetencia, achacándola, del modo más injusto, a un desinterés personal hacia el abolengo familiar. Para ella todo era cuestión de meterse unas ideas muy básicas en la cabeza. «Supónte un viudo con un hijo varón y soltero y una viuda con una hija soltera también —me decía en sus momentos más pedagógicos—. Imagínate ahora que se casa el viudo con la joven y la viuda con el muchacho, que puede perfectamente pasar. De inmediato, el joven resultará suegro y padrastro de su padre y padrastro e hijastro, al mismo tiempo, de la mujer de su padre. En cuanto a la muchacha casada con el viudo, resultará ser suegra de su madre y madrastra e hijastra del marido de ésta. Su madre será nuera de su hija y de su yerno, madrastra de éste último y tendrá categoría de abuela respecto a su propio marido. Hasta aquí, sencillo, ¿no? Supongamos entonces que ambos matrimonios, como es lógico, tienen descendencia. El hijo de la viuda y el joven será hermanastro y cuñado de su abuelo, hermanastro de su abuela política y tío abuelo de sí mismo. El hijo del viudo y la joven, por su lado...» Y así avanzaba mi abuela, casando y descasando, por un total de cuatro generaciones hasta hacer de mi persona padre y madre de mi tío, según creí entender. Aunque no me atrevo a jurar que entendiese bien. El tío, eso sí, no era el dominico, sino otro.

Entresijos, en cualquier caso, que a usted no le interesan. Usted lo que quiere verdaderamente saber es quién me enseñó a bailar el *rock and roll*. (...) No me ande con disimulos. A usted, que mi tatarabuela Herminia se casara con su primo Maximiliano le interesa lo mismo que si los ángeles conocen inductiva o deductivamente (otra de las grandes cuestiones que se planteara el aquinatense); pero saber quién me enseñó a mí a bailar el *rock and roll* le reconcome un poco. Séame sincero. No hay por qué avergonzarse. ¿No me interesaba yo hace un momento por quién le enseñó a usted las cuatro reglas? Miserias de la condición humana. Todos somos un poco chismosos. No se puede morar siempre en el séptimo cielo. ¿Le cuesta a usted ceder? Da igual. De todos modos se lo voy a contar. Después de treinta y tantos años, ya no tiene ninguna importancia. Y nunca se trató de un secreto de estado.

A mí, puesto que tanto le interesa saberlo, me enseñó a bailar el *rock and roll* una muchacha extremeña que prestó efímeramente servicios en casa. Y, por favor, permita que me explique antes de extraer ninguna conclusión. Sería penosísimo que, cuando acaso ya le haya convencido de que no habla usted con un dipsómano ni con un estrafalario, un nuevo malentendido le llevara ahora a pensar que se las tiene con un mujeriego. Nada más lejos de la verdad. Mi relación con la citada señorita no pudo ser más inocente y se circunscribió exclusivamente al *rock and roll*. Cosa de niños, que, a fin de cuentas, es lo que casi aún éramos los dos.

Mi madre se iba todas las tardes un par de horas a tomar el té con sus amigas del colegio. Yo estaba ya un poco cansado de pasar los dedos sobre el manual de química, materia que mi padre se había empeñado en que conociera con la mayor profundidad posible. Ella había ganado una medalla de plata en un concurso de *rock and roll* organizado por la base aérea de Torrejón. Y así empezó la cosa. Luego, poco a poco, se fue viendo que, aunque parezca mentira, a mí tampoco se me daba del todo mal. Fíjese usted que hasta pensamos presentarnos a otro concurso. La juventud que no conoce barreras. La juventud que se lleva todo por delante. Me dice usted a mí ahora que me levante de este asiento y le acompañe a estirar las piernas por el pasillo abajo, y, pese a la simpatía que ya le profeso, le tendría que responder que el almuerzo no me ha sentado del todo bien y prefiero reposarlo. Me lo hubiera dicho hace treinta años y a lo mejor, con almuerzo o sin él, hasta le habría propuesto que, en vez de conformarnos con un burgués paseo para desentumecer nuestras groseras extremidades inferiores, nos tirásemos del tren en marcha para comprobar si de verdad no volamos. Con esa disposición, ¿quién no aprende a bailar el *rock and roll*, la samba, el cha-cha-chá o lo que se le antoje? Sobre todo con una profesora tan joven y tan dispuesta como uno. Conmigo, me aseguraba la muchacha, el primer premio estaba garantizado, un viaje a Disneylandia. La vez anterior le falló su pareja. Pero conmigo la cosa cambiaba: en cuanto me viese el jurado, se quedaba con la boca abierta. Íbamos a dar el golpe, me repetía.

A la hora de la verdad, las cosas no salieron exactamente así. Pero ése fue otro problema. Yo sospeché desde el principio una delación de la cocinera, una cincuentona desabrida y emisora de vibraciones de pésimo augurio. Aunque bien pudo tratarse de una simple casualidad. El hecho es que una tarde, para mi asombro, escuché decir a Chuck Berry, en mitad una inspiradísima interpretación de *Johnny B. Goode*: «¡Muy bonito, sí señor!». De pronto, en la confusión del momento, a mí lo único que se me ocurrió fue pensar: «¡Rayos!, qué bien habla el español Chuck Berry. Si hasta tiene acento de Santander». Pero enseguida me di cuenta: acabábamos de dar el golpe. Y, a juzgar por la súbita frialdad que se apoderó de la hasta entonces palpitante mano que yo sujetaba en aquel preciso instante justo detrás de mi cuello, quien debía de estar abriendo la boca era mi pareja. «Se-ñora...», la oí balbucir a la infeliz, mientras se deshacía de mi mano como quien se hubiera percatado de pronto de que, en lugar de un ciprino, sujeta una rana.

Ahí terminó todo. Nunca más volví a saber de aquella señorita. No tengo la menor idea siquiera ni de cómo ni cuándo salió de casa. Supongo que aquella misma tarde. Aunque, por más atentamente que escuché, no conseguí oír a nadie abrir la puerta de servicio.

Cosas de niños, ya le digo... Pero a mí, para qué voy a engañarle, el incidente me sumió en un hondo abatimiento. Sobre todo por la actitud de mi madre. Si nos hubiera sorprendido mi tío Severo habría aceptado cualquier cosa, incluido el bofetón. Mi tío se había cansado de advertirme que «entre la sensatez y la mujer, toda la distancia que se ponga es poca». Y no admitía excepciones. La mujer, para él, era «la mismísima encarnación de Satanás», y con eso estaba dicho todo. Ni el dogma de la Inmaculada Concepción de María le parecía a él del todo bien fundado, habida cuenta de la proterva naturaleza de las hijas de Eva. «El aquinatense no dio nunca por zanjada la cuestión —aclaraba siempre que surgía este tema—, y de Pío IX baste decir que muchos expertos no han dudado en considerarle afectado por el mal de ojo.» En mi tío, pues, la mayor ofuscación hubiera sido comprensible. Pero mi madre siempre presumió de liberal. De ella, sinceramente, me esperaba otra cosa. Máxime cuando yo, como usted supondrá, traté de explicarle razonadamente lo que en realidad había sucedido. «Mamá —le dije—, no es lo que tú te piensas.» «¡Habráse visto semejante lagarta! ¡Extremeña tenía que ser!», me respondió ella por todo argumento. Inadmisible, evidentemente, viniendo de quien venía. Pero qué quiere usted que yo le hiciera.

En un primer arrebato pensé incluso en amenazar con irme de casa si no se readmitía en el acto a la muchacha. Mi formación aristotélica, sin embargo, prevaleció sobre mis juveniles tendencias revolucionarias y me hizo comprender enseguida que ésa no era la solución. Tal y como habían discurrido las cosas, lo más sensato era dar por concluida mi travesía por los procelosos mares del *rock and roll* y volver al orden, sin emoción, pero también sin riesgos, del manual de química. Y no me juzgue usted con excesiva severidad. No creo merecerla. Cuando mi madre me anuncia que sale a tomar el té con las pocas amigas que ya le van quedando de aquella época, aún hoy, pese a todo el tiempo transcurrido, siento a veces que se me hace un nudo en la garganta. «¿Qué habrá sido de aquella muchacha?», me pregunto en la soledad de la tarde. «¿Qué imagen se llevaría de mí en su silenciosa salida de casa?» «¿Me recordará aún, como yo la recuerdo, o los avatares de la vida le habrán hecho olvidarse por completo de aquel tiempo?» «¿Se habrá casado?» «¿Tendrá hijos?» Todo eso, y mucho más, me pregunto. Pero en aquel momento, y en el plano práctico, ¿qué otra cosa que la resignación podía racionalmente esperarse de mí?

La naturaleza, amigo mío, es muy sabia. Por más que en ocasiones nos parezca lo contrario, si uno ahonda, ha de concluir que Dios raramente da mocos al que no tiene narices, pese a lo que digan algunos. Otra cosa, muy diferente, es que no sepamos sonarnos. Tumbado boca arriba en la cama, con las manos enlazadas detrás de la cabeza, yo me pasé, tras el incidente, semanas enteras imaginando toda suerte de venganzas. Muchas, he de confesarlo, bastante crueles. En posición vertical, sin embargo, mi disposición era temperada de modo notable por un saludable sentido de la prudencia. La actitud de mi madre seguía sin tener perdón. Pero ¿adónde iba a ir yo con el tiempo que hacía? Del otro lado de los cristales de mi ventana, no paraba de llover a cántaros. ¿Se imagina usted algo más ridículo que un ciego tirando de una maleta en mitad de una calle desierta mientras caen chuzos de punta? A mí, la idea me aniquilaba sin remedio. Los ciegos no estamos hechos para las inclemencias meteorológicas.

«Tanto llover —pensé— no puede ser casualidad.» Tanto llover tenía que decir algo. Hace treinta años, las inconsecuencias meteorológicas no se cargaban aún a la espalda del efecto invernadero. Entonces, si llovía o no llovía, si nevaba o dejaba de nevar, o se achacaba a que «el tiempo siempre ha estado loco» o, con más refinamiento, se pensaba que la naturaleza quería decir algo. (Reminiscencias trogloditas, que uno echa de menos en estos días en los que el menor desarreglo del clima se acaba imputando a la industria química.) Y, en aquella ocasión, estaba claro que la lluvia caía específicamente para mí. «Detente, Arcadio; reflexiona antes de hacer nada que acabe dando risa», me decía. «¿Adónde piensas ir?, ¿al convento de tu tío Severo?»

Y, realmente, ¿adónde iba a ir yo, con lluvia o sin ella? Si por lo menos hubiera sabido tocar el piano... Pero jamás llegué a hacer sonar con ilación más que dos sonatinas de Clementi. Escaso bagaje, ¿no le parece?, para lanzarse a la aventura. Mi único recurso, había que ser sensatos, consistía en la venganza onírica. Fuera de eso, todo eran ganas de pasar por idiota. Y pasar o no pasar por idiota es algo que con los años va perdiendo transcendencia; pero en la juventud resulta sumamente importante. A los veinte años, el idiota es algo que o se hace sin reparar en ello o no se hace por todo el oro del mundo. Ni por el deber, ni por la justicia, ni, muchísimo menos, por el amor. A esa edad no hay más amor que el amor propio. A amar de verdad se comienza mucho más tarde, cuando la valoración que uno mismo se merece ha bajado muchos grados y ya es evidente que no nos queda más remedio que amar nosotros, porque, de lo contrario, nadie va a encontrar razón por la que amarnos.

Por otra parte, ¿a quién había que echarle la culpa de todo? A mí, y a nadie más que a mí. Sería inadmisible confundir lo adjetivo con lo sustantivo en el caso. Si había algún culpable, ése era yo. Y lo era, al menos, por tres razones de incuestionable peso. Primera, por fiarme de la cocinera, una bruja retorcida y aviesa, a cuyo paso se me había erizado más de una vez el vello de los antebrazos, aviso inequívoco de su naturaleza redomada. Segunda, y aunque resulte un poco fuerte decirlo, por fiarme de mi madre. O, para ser menos duros, por haber dado indebido crédito a su pretendida, y nunca demostrada, modernidad. Aquella resentida obsesión con los descargadores de pianos debiera haberme alertado sobre su peligrosa ambigüedad moral. A la hora de la verdad, tenía que haber sabido ya para entonces, mi madre no sería lo que proclamaba, sino (y ahora sé que es el caso de todo el mundo) lo que mejor conviniera a sus intereses. Y tercera, por haberme fiado demasiado de mi oído. Hasta aquella tarde, yo siempre había anticipado la vuelta de mi madre por el ruido característico que hacían sus tacones en el rellano de la escalera. Pero, ¡ay amigo!, *Johnny B. Goode* no es una mazurca de Chopin. Variable que tenía que haber ponderado adecuadamente. Escuchar los tacones de mi madre cuando yo esperaba ya su vuelta y la casa había quedado sumida de nuevo en un silencio sepulcral era muy sencillo para un oído tan agudo como el mío; oírlos al llegar de improviso, y acaso sigilosamente, en mitad del estruendo del *rock and roll*, era ya prueba mucho más ardua.

«¡Cómo puedes haber sido tan burro!», me decía yo, levantándome de un salto de la cama y poniéndome a ir y venir nerviosamente por mi habitación. Pasado el primer impacto, mi estupidez era lo que más me dolía. Cómo podía, realmente, no habérseme ocurrido echar el pasador a la puerta del cuarto. O, mucho mejor aún, haber puesto la cadena a la puerta de la calle. Aunque..., meditándolo más..., ¿me era lícito asegurar siquiera que mi madre había llegado en efecto a salir de casa aquella tarde? ¿No habría, simplemente, fingido hacerlo? ¿Estaba yo cien por cien seguro de haber oído, aquella precisa tarde, los tacones de mi madre alejándose por el descansillo hasta el ascensor? En un segundo análisis, aún quedaba más fuera de duda mi estulticia. Pero... ¿y la muchacha? ¿No demostraba no tener tampoco ella dos dedos de frente? ¿No podía haberse asegurado desde la ventana de que mi madre en realidad salía? Al fin y al cabo, fue ella, y no yo, quien tuvo la idea. Ella era la que quería ganar el concurso a toda costa. Pensándolo no sólo más, sino también mejor (y siempre se pueden pensar más y mejor las cosas)...,

¿estaba tan claro que todo fuese exclusivamente culpa mía? No es que quisiera eludir responsabilidades. Eso no. Pero cuantas más vueltas le daba, más me apuntaba todo hacia el manual de química. Con la tabla periódica, al menos sabía uno a qué atenerse.

¡Ah, amigo mío, el *rock and roll*...! ¿Se da cuenta de a qué me refería hace un momento, cuando le decía que mi juventud no fue un camino de rosas? Quería decir exactamente eso. Sin embargo, no piense que por ello rectifico el canto que le hiciera a ese período de la vida. Pese a todo, aún suspiro: «¡Qué tiempos aquellos!». Por mucho que se recuerde el lado malo de las cosas, insisto, lo verdaderamente doloroso que hubo en ellas se acaba olvidando. Se recuerdan los hechos, se recuerda incluso el dolor que produjeron, pero el dolor ya no duele. Con el paso de los años el dolor se evapora, y cuando se sedimenta de nuevo se ha convertido en una simple lección a tener en cuenta. Y eso es lo que yo recuerdo del *rock and roll*.

Pero, eso sí, eso lo recuerdo muy intensamente. Hasta el punto de que yo siempre digo que soy un hombre de la generación del *rock and roll*. Y cuando lo digo, hablo en un sentido mucho más estricto del que el común de mis oyentes puede suponer. El día en que dejé de acostarme y levantarme de la cama sin otro motivo que afirmar y negar lo mismo de la misma cosa al mismo tiempo y en el mismo sentido, nació un nuevo Arcadio Jiménez Paz. No porque descubriera experimentalmente la cordura del principio de contradicción. Tal hallazgo, con ser importante, no fue el mayor que hice. Aquel día hice otro descubrimiento mucho más fundamental: descubrí que, cuando no se está seguro de dónde va a acabar uno metiendo los pies, no conviene sacarlos del tiesto. Eso, lo digo con orgullo, no me lo enseñó a mi Aristóteles, aunque subyace en su doctrina; eso lo aprendí yo bailando el *rock and roll*.

¿Que no suponía usted el *rock and roll* un baile tan pedagógico? (...) ¿A usted le parecía simplemente cosa de mover el esqueleto? Pues ya ve... Todo es compatible. No desprecie jamás ninguna forma de conocimiento. De todo se puede extraer alguna conclusión provechosa. Acuérdese de lo que le digo, le será útil. Un hombre de negocios es un hombre de experiencias. Los Onassis y los Niarchos no se hacen en el laboratorio. Se hacen, escúcheme usted bien, bailando. El *rock and roll* o la rumba o la sardana, eso es lo de menos, eso depende de épocas y lugares. Pero detrás de todo gran hombre de negocios hay siempre la memoria de un enorme paso en falso. Sin esa base, no se venden raticidas. Cuando se sienta uno frente al alcalde o el concejal correspondiente, sólo nos saca a flote el haber pasado ya por muchas cosas en la vida. El que está de vuelta tiene recursos que quien va de ida, por muy superior que sea su inteligencia, no acierta sino a imaginar difusamente. En la vida, como en el ajedrez, lo fundamental es la memoria. Sea por lo que fuere, a ciertas causas tienden a sucederle determinados efectos, y eso es bueno conocerlo de antemano. Decía Cicerón...

Pero, claro, a usted, a lo mejor, no le resulta absolutamente indispensable incrementar ahora mismo su acervo cultural con la opinión del gran Cicerón. Muy comprensible, ni que decir tiene. A usted las opiniones de Cicerón, sin entrar ni salir sobre el fondo de las mismas, acaso le parezcan poco oportunas en este momento. Lo entiendo perfectamente, no se vaya a pensar. Pocos defectos mayores que el de la falta de sentido de la oportunidad. En el ámbito que se quiera. La inoportunidad ha causado en este mundo más tragedias que la codicia, el ansia de poder y la innata y gratuita mala voluntad del hombre puestas juntas. Y lo digo, como todo, después de haberlo meditado mucho. Cada cosa a su tiempo, por supuesto que sí. Un viaje en tren, tiene usted toda la razón, no es un digesto de historia de la filosofía. Por ahora basta y sobra con lo dicho sobre las funciones excretoras de los ángeles. No deseo agobiarle. Usted es un hombre joven y querrá disfrutar del paisaje. Nada más natural. Nada más noble, incluso. No seré yo, desde luego, quien lo repruebe. No le cohíba mi presencia. Por favor, usted mire, mire los rebaños.

II

Nada lamentaría más que inducirle a pensar que pretendo, de un modo solapado, faltar a mi palabra. Yo me tengo por un hombre de honor. He prometido dejarle disfrutar en paz del paisaje, y mi intención es cumplir a rajatabla mi promesa. Pero... ¿no escucha usted como un murmullo? Preste atención... Cuando nos callamos... ¿Lo oye usted? (...) ¿No? Aguce el oído, por favor... ¿Seguro que no lo oye? Entre los traqueteos del tren. Es como si alguien hubiese encendido, justo donde usted se sienta, un *walkman* y estuviese siguiendo una lección de inglés. ¿Que usted continúa sin oírlo? Pues yo, le advierto, me precio de tener un oído excelente. *Rock and roll* aparte, soy de los que eschuchan respirar a una mosca. Inténtelo otra vez, si no le supone mucha molestia... Una lección de inglés; débil y lejana, pero una lección de inglés. ¿No lo ha oído? «I am Carmelo. This is my dog», acaba de decir. ¿Nada...? ¿Absolutamente nada...?

Si usted insiste... Olvidémonos del asunto. ¿Quién iba a ponerse —reflexionando un poco— a seguir una lección de inglés en este compartimento, que sólo ocupamos usted y yo? A no dudar, el rumor ha de proceder del compartimento vecino y mi confusión tiene su origen en un ligero trastorno personal. Un trastorno físico, por supuesto; no vaya usted a pensar. ¡Este tren sale a una hora tan perversa...! O se resigna uno a almorzar en el abominable restaurante de la estación o se ve obligado a romper con todo horario racional de comidas.

Se opte por la solución que se opte, ¿cuál es el resultado? Más o menos el mismo, se lo digo por experiencia: un viaje al ochenta por ciento de nuestra plenitud física, como mucho. Un desarreglo de las facultades sensoriales, producto de una baja o un exceso de azúcar, según los casos, no debe, por tanto, descartarse.

¿Que usted también ha comido en el restaurante de la estación y, sin embargo, se siente perfectamente? Otra cosa sería preocupante. Usted se encuentra en la flor de la vida. A usted aún le quedan muchos viajes hasta que comience a reparar en los nocivos efectos secundarios de la baja calidad de la comida que se sirve en ese antro criminal. Pero yo tengo ya mis años. A los suyos, un estofado más o menos infame tampoco me habría hecho localizar erradamente la procedencia de ningún «I am Carmelo». Mi estómago ha sido el de un verdadero avestruz. Pero los años no pasan en balde. Cuando uno supera los cincuenta, tiene que empezar a meditar sobre el aceite que le pone a la máquina. Ya no sirve, como a su edad, cualquier cosa. Menos en un caso como el mío, obligado por tantas razones a una vida demasiado sedentaria. Se impone una cierta disciplina en las comidas. Y cuando esa disciplina se quebranta, el cuerpo nos advierte de inmediato la infracción. «Por hoy pase —nos dice—; pero cuidado, que ya no tienes veinte años, y los excesos, al final, siempre se acaban pagando.» Ya oirá usted también esa voz, ya. Sin caer en el fundamentalismo dietético (eso tampoco), una cierta precaución con lo que nos echamos al estómago es esencial. El cochinillo, la olla podrida o los callos, por sólo citar tres notables ejemplos de nuestra recia gastronomía nacional, no pueden sentarle bien a nadie. El organismo humano no está hecho para eso, nos pongamos como nos pongamos.

La frugalidad en la comida y el ejercicio moderado han sido reconocidos desde la antigüedad como los mejores aliados de la salud. No es cosa de anteayer. El propio Sócrates lo apunta en más de una ocasión. Hipócrates y Galeno lo repiten hasta la saciedad. Y cuando, como sucede por desgracia en mi caso, las posibilidades de realizar ejercicio físico son muy reducidas, todo el hincapié que se haga en la moderación, equilibrio y orden de la dieta es poco. Las modernas técnicas pedagógicas han roto con muchas barreras y tabúes. Las nuevas generaciones de ciegos juegan incluso al fútbol. Pero a mí tales innovaciones ya me cogieron un poco tarde. En mi época, bastante afortunado se podía considerar uno si contaba con un tío dominico que nos adentrase en los pormenores demoniacos del dualismo bogomilista. En el fútbol ni se soñaba. Y eso se nota en la obstinada tendencia que tienen las grasas a crearnos problemas.

Yo procuro no relacionarme más que lo imprescindible con el mundo de los ciegos. Mi relativa prominencia social, sin embargo, me ha obligado a mantener ciertos contactos con determinados círculos organizados en torno o con motivo de esta enojosa deficiencia que nos afecta. Pues bien, ¿sabe usted una cosa?, la preocupación por las grasas ha acabado siempre tendiendo puentes para la comunicación con una serie de individuos con los que no creo tener mucho en común. La grasa nos trae a maltraer a todos, con independencia de credo, talante o condición. Los tres últimos entierros de ciegos a los que me he visto obligado a asistir, por sólo referirme a hechos muy concretos, han estado presididos por el colesterol. No es ninguna broma. Una tromboflebitis, una hemorragia cerebral y un infarto, respectivamente.

Restringido el disfrute de otra serie de placeres hasta extremos que a usted le resultaría difícil imaginar, los ciegos propendemos a la glotonería. De los siete pecados capitales, el de la gula es el cebo (nunca mejor dicho) con el que nos tienta el Maligno. En el infierno de Dante, nos hemos de encontrar en el círculo tercero, el de la pertinaz lluvia de nieve y agua sucia. Si otra cosa acontece, atribúyalo usted a la licencia o impericia poéticas. Yo mismo, pese a todas mis aprensiones, no siempre logro sobreponerme a la tentación. Con la plástica tostada con margarina en la boca y el exinanido aroma del descafeinado impregnando sin convicción alguna mis pituitarias, no es infrecuente que, ya a la temprana hora del desayuno, una rebeldía momentánea me lleve a exclamar: «¡Pero qué vida es ésta!». La ensaimada con nata, el *croissant* con mantequilla normanda, el castizo chocolate con churros son ideas que atropelladamente se me vienen en esos momentos a mi soliviantada cabeza. Eso entiendo yo por vida sin matices, frente a la devaluada «vida esta» del descafeinado y la margarina sin sal. Pero, amigo mío, hay que saber contenerse.

La mía es una edad crítica en el curso vital de las arterias. Un descuido, y adiós. El corazón no da tiempo a arrepentirse. Le fallan a usted el hígado, los riñones y el sistema respiratorio al unísono, y aún tendrá probablemente una segunda oportunidad en este mundo. Con el corazón, no; con el corazón se ven siempre las orejas al lobo cuando ya es demasiado tarde. De pronto un día le parece a uno percibir una pequeña molestia en la región torácica y, antes de que le dé tiempo a decir: «Mañana, sin falta, dejo de fumar», ¡zas!, se acabó lo que se daba. No hay pieza menos caritativa en el engranaje humano. El corazón es a la biología lo que el calvinismo es a la historia de las religiones, el emblema sin compromisos de la inmisericordia, la intransigencia y la beligerancia radical con las debilidades de la carne. Un cigarrillo, unos buñuelos, unas manitas de cordero de más..., y olvídese usted del pacto, de las componendas, de los tiras y aflojas de última hora, siempre posibles con otros órganos y vísceras más esencialmente católicos de nuestra anatomía.

Según mi médico, en mi caso particular concurren circunstancias más favorables de lo que yo quiero creer. En mi familia, por fortuna, no abundan los precedentes de dolencias cardiacas. Habría que remontarse a un tío abuelo materno para encontrar un antecedente, y ni siquiera es seguro. Mis cuatro abuelos, mis ocho bisabuelos, murieron todos, con una sola y lamentable excepción, octogenarios. Mi madre, a sus setenta y nueve años, tiene aún la tensión arterial de una niña. Todo ello, al parecer de mi médico, ha de considerarse a la hora de ponderar el riesgo. Los factores hereditarios representan un papel notable que yo, en su opinión, no parezco valorar adecuadamente. «La naturaleza del juicio coronario —me repite— no es tan sumaria como usted supone.» Forma educada, como otra cualquiera, de acusarme olímpicamente de hipocondria. Los médicos, ya lo comprobará usted, y le deseo con toda sinceridad que lo haga tarde, son así. Lo que en cualquier otra disciplina de la ciencia se llama humildemente «ignorancia propia», en la medicina se denomina con indignante prepotencia «hipocondria ajena». Pero es lo que yo le digo al médico: «Doctor, tampoco mis bisabuelos fueron ciegos». Circunstancia que, me concederá usted, debiera dar que pensar. Mi pobre madre hace aún hoy cuatro veces más ejercicio que yo a mis veinte años, descontando mi fugaz y malaventurado coqueteo con el *rock and roll*.

Un análisis de sangre y un electrocardiograma mensual, que es cuanto yo le pido al médico, no constituye, habida cuenta de mi crónico sedentarismo, ninguna extravagancia cuyo visado contravenga el juramento hipocrático. Al colesterol hay que seguirle los pasos muy de cerca. Y, por otra parte, ¡qué cuernos!, los electrocardiogramas me los pago yo. Si quiero hacerme uno al mes, como si se me antoja hacerme dos docenas. ¡Será posible el país en que vivimos! Mate uno a cuchilladas al amante de su mujer, y no habrán de faltar voces que justifiquen, con las razones más peregrinas, el acto; quiera usted hacerse un electrocardiograma mensual, pagado a precio de oro de su libérrimo bolsillo, y hasta su propio médico se le entigrece. ¿Así queremos hacernos un hueco en el concierto de las naciones civilizadas?

Y no le pido su opinión. Usted preferirá tal vez no pronunciarse tampoco sobre este particular. Permítame, no obstante, que le apunte (sin ánimo de forzar su hermetismo, eso sí) que hay quien considera el silencio una peligrosísima fuente de endomorfinas. Dicho sea, por descontado, con carácter nada más que general e informativo. No es que yo subscriba o deje de subscribir tales teorías. Mucho menos que insinúe que quepa referirlas, ni siquiera indirectamente, a su persona. Ni por un momento me atrevería yo a dudar de su excelente condición mental. Como no dudo que ese «I am Carmelo», que tan nítidamente vuelvo a oír, procede de otro compartimento. El que usted prefiera no manifestarse sobre mi particular arquetipo de civilización no es motivo para suponerle ni debilidad cerebral alguna ni, cuánto menos, la grosería de iniciarse en la lengua de la pérfida Albión al amparo de mi ceguera. Cada cual es como es, y no se hable más.

Usted puede incluso preferir no manifestar su opinión a impulsos de una esmerada cortesía, que le impide contradecir abiertamente mis tesis. Delicadeza inecesaria, pues, insisto una vez más, habla usted con un hombre plenamente consciente de la naturaleza multiforme de la verdad. Pero delicadeza no, por carente de razón objetiva de ser, menos exquisita y digna de encendido aplauso. Cuánto mejor nos iría a todos si, a la hora de calibrar el grado de consideración que le debemos al prójimo, errásemos, como usted, por exceso y no por defecto.

No obstante, y volviendo a las endomorfinas, como mera curiosidad, ¿no habrá experimentado usted nunca una sensación fuera de lo normal tras un período de reconcentrado silencio? Me refiero, ni que decir tiene, a cosas absolutamente insignificantes: una ligerísima presión en los temporales, una injustificada ansiedad, un tic, cualquier tontería...

Si es así, no deje pasar un momento más. Las endomorfinas son demoledoras. En Jiménez Paz, por si quisiera usted pruebas empíricas, hemos tenido ocasión de comprobarlo recientemente del modo más doloroso. Un joven como usted, con todo el porvenir por delante, acaba, precisamente, de dejarnos por esa insidiosa causa. ¿Muerto?, se preguntará usted. Mucho más triste. De pronto, una mañana, y sin venir en absoluto a cuento, parece ser que dijo: «El orden de los sumandos no altera el valor de la suma». Y, al rato, y con no mayor justificación, añadió: «La línea recta es la distancia más corta entre dos puntos». Y, no mucho después: «Matusalén vivió novecientos sesenta y nueve años». Un joven exactamente como usted; hasta ese momento, una verdadera tumba. Caso tristísimo, ya le digo. Porque lo de la propiedad conmutativa de la suma, los postulados geométricos y la edad del eviterno hijo de Enoc bien hubiera podido pasar... A tenor de sus responsabilidades contables, tal obsesión matemática, por más que de todo punto intempestiva, aún podría disculparse. No es que hablara solo, se quiso generosamente suponer por parte de sus compañeros, es que pensaba en alto. Diferencia, no por sutil, irrelevante. Pero, al poco, comenzaron a escapársele frases como: «El perro es el mejor amigo del hombre», «El que a buen árbol se arrima, buena sombra le cobija» y, sobre todo, un críptico: «Algo huele a podrido en Dinamarca».

Ésa fue la gota que colmó el vaso. Ante tal rapto trágico, ya no hubo más remedio que dar cuenta al médico. El comité de empresa, pese a que ninguno de sus componentes había leído ni por el forro al sublime William Shakespeare, venteó de inmediato un aire ominoso en la preocupación danesa del pobre muchacho. La fuerza enorme de los clásicos, me supongo. «Señor Paz —se me advirtió—, o se toman cartas en este asunto, o aquí va a acabar salpicando la sangre.» Y mi comité de empresa no lo componen media docena de histéricos o agitadores profesionales, como suele acontecer con tanta frecuencia. Mi trabajo y mi dinero me ha costado, pero puedo proclamar con orgullo que la representación sindical en Jiménez Paz sintoniza, como un solo hombre, con las necesidades a largo plazo de la firma. Si mi comité de empresa dice que va a salpicar la sangre es, amigo mío, que va a salpicar la sangre. Y si la sangre no acabó salpicando, fue porque se tomaron las correspondientes cartas en el asunto. El dictamen del médico no pudo resultar más concluyente sobre el particular. Que fueran las endomorfinas enteramente responsables, que tuviera o no todo su origen en el carácter excesivamente introvertido de nuestro desafortunadísimo contable, es ya materia de opinión; pero lo que no cabe discutir es que la sangre hubiera acabado salpicando si no interviene a tiempo el médico. Eso, ni dudarlo: era un caso de atar.

...Y un trastorno laboral de primer orden en el momento más inoportuno, todo hay que decirlo. La misma tarde en que el comité de empresa en pleno se me presentó en el despacho advirtiéndome que estaba a punto de salpicar la sangre, había asegurado Jiménez Paz su primer gran contrato internacional. El siete de julio pasado, para ser absolutamente preciso. Es una fecha que recordaré mientras viva, por cuanto abre una etapa en nuestra trayectoria comercial cuyo inmenso potencial hasta yo mismo no he acabado de asimilar del todo. Un verdadero maná. El compromiso firme de la Asociación de Rabinos Irreductibles de la Cisjordania (WURA, en sus siglas inglesas) para la adquisición de un mínimo de mil toneladas anuales de nuestro poderosísimo Ratokill (calidad extra-superior). El buque insignia, por así decir, de la gran gama industrial Jiménez Paz. Un raticida capaz de acabar con una manada de elefantes, si de eso se tratase. Una joya de la bioquímica aplicada al control de los múridos. De habernos llegado un contrato así hace media docena de años, mi padre, se lo aseguro a usted, aún estaría hoy con vida. Un profano no puede imaginarse lo que un cliente de este tipo significa.

A usted, probablemente, lo único que le llama la atención en el caso es para qué puede querer la WURA mil tonelada de Ratokill al año. Eso, sin embargo, es lo de menos. Lo importante es que lo mismo que hoy quiere mil, mañana puede querer cien mil. Lo demás no es asunto nuestro. Jiménez Paz se limita a suministrar un producto de primera calidad, debidamente homologado por la Dirección General de Farmacia y respetuoso con todas las normas de protección del medio ambiente establecidas por las agencias internacionales con responsabilidad reconocida al respecto. Lo que hagan o dejen de hacer nuestros clientes una vez despachado el producto, ni lo sé ni me interesa lo más mínimo investigarlo. Como usted comprenderá, en el momento de expansión en que nos encontramos, cosas mucho más urgentes reclaman mi atención. Las instrucciones de uso y los fines a los que Jiménez Paz recomienda Ratokill se encuentran claramente especificados en el envase con el que se comercializa el producto. En el caso que nos ocupa, para mayor seguridad, las instrucciones se han hecho traducir tanto al inglés como al hebreo. Más, creo yo, no se le puede pedir a nadie. El comercio es el comercio, y nada tiene que ver con la política internacional. Si en la zona en cuestión existen o no algunos problemas de determinada índole, eso es asunto del secretario general de las Naciones Unidas, que por ello cobra. A Jiménez Paz le basta con saber que hay ratas.

Procuremos no pasarnos de listos. Y no lo digo por usted, que estoy seguro que se haría la pregunta sin ninguna doble intención. Hablo en términos generales. Dentro del mismo Jiménez Paz, no han faltado quienes han querido buscarle cinco pies al gato. «Si se tratase de otro país...», «Si fuese otra asociación...», se ha pretendido argumentar. Ganas de liar las cosas. (O de sabotear la espectacular recuperación de la firma. Que de todo hay). La ética no es la metafísica. La ética tiene su campo de actuación muy bien delimitado y no hay por qué salirse de él para preguntarse sobre los excrementos de los ángeles. En el caso del hombre de empresa, no exige más que la honestidad en sus transacciones. Y por honestidad no ha de entenderse tampoco más que la transparencia informativa sobre la calidad del producto. Ratokill es esto y es lo otro. ¿Le interesa a usted? Perfectamente. Éste es su precio, y no le pido a usted que haga pública gala de otra ética que la del pago puntual y en moneda convertible. A partir de ahí, ni su ética tiene nada que ver conmigo, ni la mía ha de interesarle a usted. Cada uno tiene su mundo, y nuestras éticas no volverán a tocarse a no ser que esos mundos vuelvan a entrar en contacto por otra razón. Lo que no es probable en el caso de Jiménez Paz y los rabinos de marras.

Los problemas de Oriente Medio son lo suficientemente complicados, a mi juicio, como para que sea excusable la inhibición de los aficionados. No se trata de algo susceptible de ser resuelto de un plumazo. El asunto tiene sus matices, sus múltiples facetas, sus distintas formas de entenderlo. Bien está condolerse de tanto en tanto por la suerte de los desventurados (sobre todo cuando nada nos cuesta). Pero tampoco está de más preguntarse: «¿Es que a los desventurados les importamos nosotros ni siquiera un pimiento?». En este mundo no hay ni buenos ni malos, cada cual defiende, simplemente, las posiciones en las que lo ha colocado el azar de la historia. Ponga usted al más desventurado de esos desventurados agarenos en este confortable compartimento de primera clase y pónganos a nosotros en un chamizo cisjordano, ¿cree acaso que el agareno en cuestión se iba a amargar lo más mínimo el viaje meditando sobre nuestros hollados derechos nacionales? No sueñe, amigo mío, no sueñe. «¡Anda que les den viento!», pensaría.

No se deje usted engatusar jamás por las razones sensibleras del sufrimiento. Un hombre de sus cualidades debe estar muy por encima de eso. La víctima no merece mayor respeto que el verdugo. Si se empeñase, podríamos entrar a debatir la intrínseca bondad o maldad del acto moral de la sojuzgación. Pero eso no nos descubriría en absoluto diferencias esenciales en la naturaleza de sus agentes activo y pasivo. Desengáñese, todo es cuestión de reparto. Quien recibe los zurriagazos hoy los daría mañana sin el menor escrúpulo, si un azar más benigno le situase para entonces con el látigo en la mano. El llanto y el berrido hay que tomarlos nada más que como lo que son, simples anécdotas, que ni dan ni quitan la razón a nadie.

Y con ello no quiero decir que tenga el menor motivo para sospechar que la WURA esté utilizando Ratokill con otros fines que los recomendados en nuestro catálogo, es decir, la exterminación de colonias múridas especialmente recalcitrantes y dañiñas. En absoluto. Mucho menos aún que lo justifique, si ese fuera el caso, como se ha señalado en algún rotativo extranjero. Quiero decir que el derecho a defender el privilegio es algo que, salvo los desarrapados, sólo cuestionan (sin que haya nada que objetar, por otra parte) los propios desarrapados. Haga usted un poco de memoria. ¿Cuántos prestigiosos hombres públicos no respaldaron, llegado el momento de la verdad, desde el profiláctico cordón sanitario hasta la más quirúrgica operación punitiva, en defensa de los valores esenciales de la civilización a que pertenecían? ¿Cuántos eminentísimos filósofos no han dejado dicho que los principios que regulan las relaciones entre los ciudadanos de la polis no son de aplicación a bárbaros ni esclavos? ¿Cuántos celebrados imperios, en fin, no han recurrido al raticida, en sus contemporáneos equivalentes, antes que nosotros?

¿Lo ve? No les demos más vueltas de las necesarias a las cosas. Eso sí que sería un crimen. Un joven como usted, con un porvenir tan brillante... Como empiece con que si la WURA esto o la WURA lo otro, no va a subir muy alto. Ni aunque se oriente hacia el sector de los crudos. Se lo digo yo, que soy ya perro viejo. Usted, hágame caso, ocúpese de las mujeres. Y no se preocupe si le parece que se acuesta siempre con la más fea. Cuando se empiezan a experimentar las dudas que usted experimenta a la hora de decidir si, en los momentos críticos, se ha de pensar con el corazón o con la cartera, no se está seguro sin una mujer al lado.

Acuérdese de nuestro contable. ¿Qué cree usted que era, aparte de un enorme taciturno? Pues era, amigo mío, un empedernido solitario. Si lo uno condujo a lo otro o lo otro a lo uno, es lo de menos. Lo importante es preguntarse: ¿habría acabado diciendo las badomías que dijo si, tras ocho horas de contar partidas de Ratokill como un galeote, le hubiera esperado en casa una joven y sensata esposa? Yo, con franqueza, lo dudo bastante. Una mujer le habría parado los pies nada más detectar los primeros síntomas de semejante extravagancia: «Querido —le habría dicho al instante—, nada de tonterías ahora, que no hemos acabado de pagar la hipoteca». Y el interpelado se habría tragado sus idiotas deseos de prorrumpir en agoreras citas hamletianas. ¿Con qué efectos? Con los más beneficiosos para todos. El buen Méndez (que tal era el patronímico a que respondía el malhadado) seguiría hoy sin conocer nada más que de nombre lo que es un electrodo; su mujer haría ya planes para ver qué losa aún más pesada le cargaba sobre los hombros en cuanto liquidaran la dichosa hipoteca; y Jiménez Paz, sobre todo, no se hubiera visto obligada a remodelar aprisa y corriendo su departamento de contabilidad en el preciso momento en que la WURA no quería nada más que enviar sus dólares. ¿Y a quién se hubiera hecho daño con eso? A nadie, amigo mío, a nadie.

En una apresurada lectura del caso, usted podría estar tentado a interrogarse: «¿Y la libertad del malhadado Méndez?». Pregunta, y perdone mi crudeza, perfectamente fuera de lugar. A la que yo respondería con otra de mucha más prosapia: «¿Libertad para qué?». ¿Para ir advirtiendo por los pasillos sobre el carácter infausto de los idus de marzo (otra de sus obsesiones)? ¿Libertad para aprender manualidades en un psiquiátrico de provincias? ¿Libertad para gravar la Hacienda Pública, usted y yo, en definitiva, con un costoso internamiento? ¿A eso llama usted libertad? Cuánto mejor no habría continuado ese hombre en Jiménez Paz, contando partidas de Ratokill de lunes a viernes y de enero a diciembre. Perspectiva que a usted, en la inconsciencia de la juventud, le puede parecer horrorosa. Pero que, para una mente que se asombra con la edad de Matusalén, no tenía por qué haber resultado tal.

Yo soy un innato admirador de la mujer. Un admirador platónico, me apresuro a puntualizar. No quisiera dar lugar a equívocos tampoco ahora. Pero aunque no estuviera ya espontáneamente predispuesto a rendirme ante las muchas virtudes que adornan la condición femenina, la experiencia del malhadado Méndez me hubiese acabado convirtiendo a la causa de la femineidad. El valor pedagógico de la tragedia de ese pobre infeliz fue superior incluso al de mi flirteo con el *rock and roll*. Y muy superior, en todo caso, al de las reflexiones de mi tío Severo sobre la natural perfidia de las hijas de Eva.

En la soledad de mi despacho, yo le di muchas vueltas a la génesis y el desarrollo de la guilladura de Méndez. Y, efectivamente, acabé concluyendo, algo olía a podrido en

Dinamarca. El excitante tintineo del dinero en las cajas registradoras desorienta hasta al hombre de empresa más avezado. Uno tiende a considerar que la naturaleza material de la ganancia que se persigue implica la naturaleza asimismo material de las fuentes que la originan. «La clave del progreso comercial —pensamos— ha de estar en las nuevas tecnologías, las mejores plantas industriales, las más prestigiosas sedes de representación...» Error supino. El beneficio lo produce siempre el factor humano. Desconsidere uno el factor humano, y estará redactando la receta del descalabro comercial. Ésos eran los idus de marzo de Jiménez Paz. Ése era el mensaje que Artemiodoro (Méndez, si prefiere) venía a transmitirme. Si no se ponía pronto remedio, Jiménez Paz estaba abocada a una nueva crisis, y esta vez muy probablemente definitiva.

Repasada de modo minucioso la composición de nuestra plantilla, ¿qué dirá usted que me encontré? Pues, ni más ni menos, que la proporción de varones solteros en nuestra firma se había incrementado en diez años en un 12,25 por ciento sobre el total de nuestros recursos humanos y un 19,4 por ciento sobre el subtotal de la nómina masculina. El caso de Méndez no constituía un episodio accidental: era el resultado de un progreso matemático clarísimo. Y, mucho más grave, podía ser el signo precursor de un proceso en cadena. Jiménez Paz no sólo requería más tecnología, nuevas plantas y mejores técnicas comerciales; requería eso, por descontado, pero también, y acaso con mayor urgencia, más mujeres. Seguir la política de recursos humanos que, tan negligentemente, se había seguido en los últimos años era hacer oposiciones a convertirnos en una casa de venáticos. Un solo varón sin compromiso más, y la nave podía romper amarras en el momento menos pensado y perderse por los mares sin retorno del dislate. La situación era grave, muy grave, gravísima.

Y, con lo dicho, no piense usted que pretendo retirar ahora la oferta profesional que hace un momento le hiciera. Arcadio Jiménez Paz sólo tiene una palabra. Guarde usted mi tarjeta; su puesto sigue reservado. Cuando le digo que un solo varón más pondría en peligro el futuro de nuestra firma, quiero referirme a un sólo varón más en el que no concurran circunstancias especiales. Tampoco hay que tomarse las cosas al pie de la letra. Desde que el malhadado Méndez nos dejara y yo hiciera los descubrimientos (iluminadores, insisto) que acabo de poner en su conocimiento, a Jiménez Paz no han dejado de llegar jóvenes varones. La expansión es la expansión y no se puede dejar las manos libres a la competencia cuando se trata de cerebros privilegiados como el suyo. Eso que quede claro.

Y quede también claro que cuando le he dicho que Jiménez Paz precisaba con urgencia de más mujeres, no quería tampoco decir que yo preconice la contratación masiva de frívolas señoritas (que se me quedarían al día siguiente embarazadas) o responsables amas de casa (que faltarían al trabajo un día sí y otro también, con la falaz disculpa del engripamiento de algún vástago). No, amigo mío, no. Mi admiración por la mujer no llega a tanto. Yo, como el dios de la Biblia (y limite la comparación al campo del que estamos hablando), quiero simplemente decir que no es bueno que el hombre esté solo. Ni bueno para el hombre, ni para la sociedad, ni, en consecuencia, para la historia. En Jiménez Paz lo que se precisaba era modificar el estado civil de lo que podríamos calificar, y calificamos, de Tipo Laboral Méndez I. Un trabajador joven, brillante, sin ataduras ni compromisos familiares, propenso tanto a la locura como a las veleidades revolucionarias. Con una mujer y un par de exigentes criaturas detrás de esos Méndez I, los valores de Jiménez Paz se habrían incrementado muchísimos enteros, aunque nadie lo supiese.

Sobre eso no me cabía la menor duda. La pega es que en el campo de las relaciones laborales, el acertado diagnóstico del mal y la clara noción del tratamiento que conduce a su cura no siempre es suficiente. Tome usted nota de ello, en cualquier momento habrá de serle de utilidad. Los médicos lo tienen muy fácil. Hasta el léxico les favorece: cuando recetan, mandan. El mayor revolucionario no tiene inconveniente en admitir que se toma la pócima más infernal que concebirse quepa por la simple, sola y teológica razón de que se lo «manda el médico». Intente usted, sin embargo, proceder de la misma manera sobre la resbaladiza senda de las relaciones laborales; ni un comité de empresa tan manso y generosamente recompensado por su mansedumbre como el de Jiménez Paz aceptaría argumentos así.

«Eso, señor Paz, no se lo podemos vender a las bases», me hubiese dicho mi comité si se me ocurre transmitirle mi soberano decreto de que, en beneficio de los intereses a largo plazo de la firma, los Méndez I debían contraer matrimonio con toda urgencia. El Tipo Laboral Méndez I atribuye un enfermizo valor a su independencia. Como no es infrecuente que suceda en los hombres, confunde la realidad con el deseo, y considera peregrinamente el azar de su desamparo como un logro personalísimo. La más mínima concesión en lo tocante a su nociva soledad se le antoja una claudicación sin nombre. ¿Qué hacer, pues, en un caso como éste?

Lenin, agárrese usted, vino a responderme a esa pregunta. Y no aconsejándome desbandar mi comité de empresa, plagado de socialburgueses y Kerenskis, para declarar una disparatada república de los soviets en Jiménez Paz. Los marxistas se han leído muy mal. O muy traidora al espíritu de su autor es la versión braille de las obras completas de Lenin editada por la Editorial Progreso que tengo en mi biblioteca o Lenin no escribió ni una sola de sus muchas líneas para el proletariado.

El marxismo es una filosofía cortada concienzudamente a la medida del hombre de empresa. Su desprestigio actual será pasajero (preste oídos a este vaticinio), pues nace de una muy torpe interpretación de su esencia. Nada más lógico que doctrina tan depurada haya hecho estrepitosa quiebra en las áridas estepas y gélidas taigas y tundras rusas. El marxismo no está pensado para gañanes y menestriles. Otro gallo le hubiera cantado si hubiese sido reconocido en Wall Street como el soberbio espejo de empresarios que en realidad es. Lenin, con sus preguntas, y Marx, con sus respuestas, aportan solución a la práctica totalidad de los problemas que se le pueden plantear a la empresa moderna. Y cuando el asunto aún se resiste, esté seguro de que Mao, con sus enigmas, no dejará de dar el golpe de gracia. Los tres, como las tres hipóstasis de la divinidad en manos de mi tío Severo, constituyen al servicio del determinado hombre de empresa una panoplia guerrera con devastador potencial de fuego.

Yo, cuando tengo que negociar con alguno de mis alcaldes o concejales, siempre intercalo, entre bocado y bocado de solomillo, una pregunta del tipo: «¿Y qué me dice usted del materialismo y el empireocriticismo?», o, más retorcido todavía: «¿En materia de atomismo, está usted con Demócrito o con Epicuro?». El silencio que sigue hay que cortarlo con el cuchillo de la carne; el de la mantequilla no está lo suficientemente afilado. Y mientras saboreo ese silencio, me digo para mis adentros: «Presa fácil, Arcadio; pan comido». Un edil que no se ha preguntado el leniniano «¿qué hacer?» es un pelele en manos de incluso el más bisoño acólito de la filosofía de la praxis. Las preguntas de Lenin no sólo son mayéuticas, son, además, catárticas. Un «¿libertad para qué?», un «¿qué hacer?», a la vez que responden, disponen, vivifican, estimulan, empujan, saltan sobre la garganta del ignaro y del dubitativo.

«¿Qué hacer?», me pregunté yo, por tanto, en la coyuntura que nos ocupa. Y no tuve que repetirme la pregunta. «Que venga de inmediato mi comité de empresa», me sorprendí diciendo a través del interfono. El Tipo Laboral Méndez I podía darse por matrimoniado. A grandes males, grandes remedios, que no fue otra la filosofía que inspiró la toma del Palacio de Invierno. Jiménez Paz ofrecería, a partir de ese mismo momento, tres meses de permiso por matrimonio, préstamos sin interés para la adquisición de vivienda a reembolsar en treinta años, muebles, ajuares, automóviles, cadenas de sonido, lo que fuera, siempre que viniera acompañado del cambio de estado civil del Méndez de turno. Literalmente, lo que fuera. Mi comité de empresa se quedó de piedra. «Usted, señor Paz, si que comprende a los trabajadores», me dijo enternecido su presidente. «Los comprendo y los quiero», respondí yo. Créame, se les saltaban las lágrimas. Todo eran suspiros y sorber de mocos en mi despacho.

Ocioso es decirle que, en la competencia, la generosidad de Jiménez Paz ha dado lugar a cierta chufla. El chistoso y el tontivano medran y florecen a las mil maravillas en nuestro desgraciado país. Ha de ser cosa del clima. «Se va a quedar solo por luna de miel», me he enterado que ha dicho, refiriéndose a mí, cierto enano mental en un cóctel del Círculo de Empresarios. Y no me quedaré solo; pero, aunque me quedase, siempre es preferible, digo yo, que la firma se vacíe por luna de miel a que se llene de chiflados. Muy ciego hay que estar para no ver eso. El riesgo que deriva para cualquier empresa en expansión del incremento del número de varones solteros en la misma es difícilmente minusvalorable. Bien está el *yuppy*, del que tantas loas se cantaron en su momento. Pero el *yuppy* es, a la larga, como una dosis de dicumarol en el estómago. El día menos pensado algo no nos encaja aquí o algo hace agua allí, y el negocio más próspero se desangra sin que acertemos a saber de dónde viene el mal.

En eso, yo estoy completamente de acuerdo con mi padre. Olvídese usted de las discrepancias que surgieron entre nosotros a la hora de promocionar el producto. Nuestro *spot*, en cierto sentido, y aunque mi padre no llegara a entenderlo así, no deja de constituir una expresión de nuestro compartido compromiso con la estabilidad en el progreso. «Ciento diez años velando por la seguridad de los suyos», destacamos nosotros; no un aroma de limones silvestres. Y no es ninguna casualidad. «Con Jiménez Paz, usted sabe a qué atenerse», queremos decirle al ama de casa. Para dar tal garantía, es evidente que no se puede dejar detrás de uno la latente amenaza de una banda de potenciales desequilibrados. Una fábrica de raticidas no es una cadena de frívolas boutiques de confección, que hoy abren aquí y mañana, cuando ya se han quemado prestigio y mercado, abren allá; y ahora se llaman «Saigón» o «Delirios» y al rato «Delincuencia», «Pagoda» o «Vello Púbico». Una fábrica de raticidas tiene que aspirar a la continuidad indefinida en el tiempo. Las ratas no están de paso en nuestras alcantarillas. Están ahí para quedarse. Cualquier firma del sector, que merezca el nombre de tal, debe proyectar una imagen de solidez sin fisuras de ninguna clase. «No se preocupe usted —hay que decir—; nosotros no vamos a dejarle solo ante el peligro a la primera de cambio. Nuestra empresa no la componen cuatro niñatos inestables, propensos a la depresión o al pánico.»

Mis queridos colegas de la competencia no han comprendido aún eso. Ni lo comprenderán jamás, mientras sigan gastando sus escasas neuronas en pullas y befas de salón, en vez de gastar los codos sobre los textos básicos del marxismoleninismo. Así les luce el pelo. ¿Cree usted que la WURA se ha orientado hacia Jiménez Paz por el aleatorio procedimiento de tirar un dado? Ni lo sueñe. La WURA lo que quiere es solvencia; lo que quiere es continuidad; lo que quiere son garantías de que, por nada del mundo, se les va a dejar sin su suministro de Ratokill a la hora y el precio convenido. Y esa solvencia, esa continuidad, esas garantías no se las ofrece el primer bufón que momentáneamente brille en un corro del Círculo de Empresarios. Eso se lo ofrece quien, mientras sus competidores chancean, se pregunta: ¿«Qué hacer para acabar con el Tipo Laboral Méndez I?». Porque, a la hora de la verdad, cuando la necesidad de Ratokill urja, nadie va a satisfacerla con guasas y chacotas, sino con los recursos técnicos, económicos y, sobre todo, humanos adecuados al caso.

Los rabinos no son tontos. Podrá decirse de ellos cualquier otra cosa, pero de tontos no tienen ni un pelo. Cuando han acudido a Jiménez Paz ha sido por algo. Ellos, no lo dude, se habrán informado muy bien. ¿Y qué habrán descubierto? Pues exactamente lo que yo, sin vanidad, ya sé desde hace mucho tiempo: que, en el panorama de la industria del sector, no hay firma que haga sombra a Jiménez Paz. Y no la hay porque, calidad de los productos al margen, ninguna admite la comparación en términos de previsión y planificación a largo plazo. Cuando yo le digo a mi comité de empresa: «Las necesidades a largo plazo de la firma son sagradas», no pretendo únicamente regatear un uno o dos por ciento en la subida salarial en disputa; digo, además, lo que siento. Cuando yo afirmo ante mi consejo de administración: «Señores, hay que invertir, invertir e invertir», no busco tan sólo desanimar al agiotista de turno, en pos nada más que de la ganancia fácil; manifiesto, al tiempo, una convicción profunda. Y convicciones y sentimientos como los míos, por suerte para nosotros y desgracia para nuestro país, no inspiran la actividad de la competencia. Quien más, quien menos, da la impresión de encontrarse en el sector del raticida con carácter provisional. Tal se diría, a tenor de la improvisación que reina en nuestro entorno, que hubiese cundido la infundada sospecha de que las ratas van a dejar de ser negocio muy pronto. El sector parece entregado a la desgana, la conformidad, la molicie y las ansias de capitalizar cuanto antes las escasas inversiones.

Nuestra actitud es otra. En Jiménez Paz la reflexión es la norma. Y de la reflexión, tan poco común en este desventurado país, surge la fe en el futuro. El sector ofrece hoy en día un panorama más halagüeño que nunca. En nuestras ciudades se amontonan las basuras. Nuestras cañerías no se renuevan. Nuestros líneas subteráneas de suministro eléctrico se caen a trozos. El desinterés por los servicios públicos que trae consigo el egoísmo de la vida moderna es la mejor garantía para la proliferación de los múridos. Mientras mi profético y altruista opúsculo se desdeña, mientras la ciudad blindada no interesa a nadie, las ventas de raticida están llamadas a incrementarse. Habrá sectores, no lo niego, que estén mucho más de moda. Pocos tienen, sin embargo, tanto futuro. Enfrente mismo del palacio de Buckingham se han encontrado ratas de hasta diez pulgadas. El túnel que une las residencia del primer ministro británico con la de su ministro de Finanzas es ya intransitable por la abundancia y la agresividad de las ratas que lo ocupan. El futuro, amigo mío, no puede ser más esperanzador desde una perspectiva exclusivamente comercial. Pero está ahí sólo para el que se encuentre preparado. Y preparado se encuentra solamente Jiménez Paz. Los rabinos no se equivocan en cosas como ésa.

En el momento actual, lo admito, nuestra plantilla presenta algunas debilidades. Sin que tengamos que considerar el cierre por luna de miel, como ha dicho ese bucéfalo, es innegable que escasea un poco el personal en ciertos departamentos clave. Los Méndez I se casan como estajanovistas.

Pero deje usted que pasen algunos meses. Antes de final de año, Jiménez Paz estará en disposición de suministrar no mil, sino veinte mil toneladas de Ratokill a quien ponga el dinero correspondiente en el banco. Para entonces la competencia, por su parte, se habrá convertido ya en una verdadera loquería. Y no especulo. Ni en lo uno ni en lo otro. No son sólo los rabinos los que se informan. Jiménez Paz cuenta también con sus medios para estar al día sobre lo que sucede en el sector.

La competencia, se lo puedo asegurar, lleva ya su dosis de dicumarol en el cuerpo. A nadie parece que se le hayan desequilibrado aún los contables hasta el punto de proferir lúgubres advertencias sobre los idus de marzo y el mal husmo de los aires daneses. Eso es cierto, y yo lo reconozco. La manipulación de la verdad no conduce a nada en un caso como éste. Pero ¿qué le parece a usted que se ha descubierto escrito en la puerta del retrete del subdirector de Muridol SA, firma que preside, por decir algo, el antes aludido bucéfalo del Círculo de Empresarios? Ni más ni menos que la siguiente leyenda: «Vanidad de vanidades». En rotulador rojo y subrayado dos veces, según mis fuentes. Y una frase así no la escribe la señora de la limpieza. El absceso se sitúa muy alto, y está a punto de reventar. El recurso escatológico (en sus dos sentidos) al *Eclesiastés* denota una mente seriamente tocada.

No quisiera echar de modo prematuro las campanas al vuelo. Yo soy un hombre cauto. Pero voy a recomendarle a usted una cosa: siga de cerca la evolución del sector en los próximos tres o cuatro años. O mucho me equivoco, o no ha de pasar un lustro para que en este país no quede más que Jiménez Paz fabricando raticidas. Muridol da las últimas bocanadas. Y con ella se van a ir al garete el resto, ya hoy mismo apenas una corte de segundones sin ninguna relevancia propia. No quisiera insistir, ya me ha dicho usted que su vocación le lleva por otro lado; pero éste es el momento de apostar por nosotros.

Si no le basta el juicio de la WURA, la saña con que se pronuncia nuestro nombre en los corros de ociosos del Círculo de Empresarios debería ponerle sobre la pista del estado de salud de cada cual. Ladran, amigo mío, porque cabalgamos. Y ellos lo saben mejor que nadie. Ladran porque ven que el mercado se les va de las manos y no encuentran forma, o no tienen arrestos, para poner coto al desastre. Es el recurso al pataleo. No se guíe usted por la fingida mundanidad y la desenvoltura social de estos bufones. Por dentro se están diciendo: «Este Paz se nos come». Nuestra campaña televisiva dio el primer aldabonazo. Los rabinos han hecho sonar el segundo. Y, lo reconozcan o no, arrellanados en sus sillones de orejas, entre puro y puro y chiste y chiste, en el Círculo de Empresarios saben mejor que en ningún sitio que a la tercera va la vencida.

En el mundo de los negocios, el que no sube baja; no hay lugar para el que nada entre dos aguas. Y Muridol puede que todavía no baje, pero hace ya demasiado tiempo que no sube. Mi voracidad comercial no es la expresión subliminal de ningún ansia vindicativa. Yo soy un hombre pacífico y comprensivo con las debilidades humanas, aunque me hieran. ¿Que se ríen de mí en el Círculo...? Pues qué le vamos a hacer. No es que me resulte agradable. Todos tenemos nuestro amor propio. Pero no es una risa de más o de menos lo que pongo en la balanza a la hora de ponderar si me he de comer a éste o al otro. Yo soy un hombre de negocios. Si digo: «A por Muridol», no lo digo porque el mentecato de su presidente me haya puesto en ridículo ante un coro de micos; lo digo porque Muridol es ya fruta madura, y si no me la como yo, se la comerán los suizos o los americanos.

Eso es algo que quisiera dejar bien claro. Desafortunadamente, no todo el mundo considera las cosas con el mismo desapasionamiento que yo. Hay quien piensa que Paz es una bestia sin sentimientos o, peor aún, un resentido, que trata de superar sus frustraciones con el acogotamiento de sus competidores. Y nada más lejos de la verdad. Yo no me canso de repetírselo a mi Consejo de Administración: «Señores, si de mí dependiera, yo me retiraría ahora mismo a leer a Horacio». Pero el áurea mediócritas no es compatible con la fabricación y comercialización de raticidas en una fase de capitalismo globalizado. Acaso en tiempos de mi tatarabuelo Maximiliano (el que se casó con su prima Herminia) aún lo fuera; hoy, no. Hoy, por más que nos disguste, hay que comer o resignarse a ser comido. Éste es un mundo de hienas y aves carroñeras. Al primer signo de desfallecimiento o abandono, no ha de faltar quien pruebe suerte con nosotros. Ciento diez años de Jiménez Paz pueden esfumarse en menos de lo que dura una lectura reposada del *Beatus ille*. En el mundo de los negocios nadie está seguro, nadie tiene garantizada la paz del sueño. Hay que subir, subir y subir. ¿Hasta cuándo y dónde? Idealmente, hasta el control absoluto del mercado mundial. Hay que vender nuestros productos a los israelíes y a los palestinos, a los chinos y a los checos, a los cafres y a los bantúes, a los aborígenes australianos y a los indios andinos. Hay que vender al buen pagador y al malo, con beneficio o con pérdida. Vender por vender. Porque vivimos en un tiempo en el que no es más grande el que mayores beneficios obtiene, sino el que más mercados controla.

Personalmente, no me cabe la menor duda: Jiménez Paz está nada más que empezando a andar. Nuestros ciento diez años bien están para engatusar al ama de casa con un *spot* publicitario; pero no deben engañarnos a nosotros mismos. Son años que podemos considerar vividos en otro mundo, y de poco provecho de cara al futuro feroz que nos aguarda. Ahora estamos hablando del mercado nacional, de Muridol y las cuatro nulidades que le bailan el agua. Pero a partir de ahora habrá que hablar de los americanos, de los suizos, de los alemanes, de los japoneses y quién sabe de qué nuevos y, de momento, inimaginables competidores internacionales. El día menos pensado cojo el teléfono para recordarle a nuestro más fiel alcalde que hace ya un año que no desratiza..., y me llevo la desagradable sorpresa de que este otoño le desratizan los coreanos. No hay que subestimar a nadie. El golpe fatal puede asestárnoslo cualquiera. Y, ante esa amenaza ubicua, no caben más precauciones que las de carácter estrictamente militar. Una empresa moderna se ha de concebir como un ejército de élite. Ha de ser un organismo permanentemente dispuesto a repeler la agresión y embarcarse en la campaña de conquista. Desde los confortables sillones del Círculo, no se contiene a los coreanos. Los coreanos van a llegar dando trompazos y ¡ay del que cojan repantigado!

Por supuesto que es muy goloso aplatanarse en un butacón y pasarse la tarde contando chistes y riendo patochadas. Pero eso tiene su precio. ¿Se imagina usted dónde podría estar hoy nuestro país si no fuera por la gracia tonta y la risa fácil? Podría ser perfectamente la patria del chocolate Nestlé y el Rólex de oro. Perfectamente. Sin necesidad de haber matado siquiera un miserable indio, y sin que nadie, por consiguiente, nos los rebozase ahora por las narices cada dos por tres. Es tan sólo cuestión de un mínimo de seriedad y disciplina. Un Lutero o un Calvino hubieran hecho por nosotros trescientas mil veces más que todos nuestros malolientes porqueros extremeños juntos y matando al tiempo.

Mi joven secretaria, a quien no me cansaré de elogiar, visitó hace algún tiempo la próspera ciudad de Basilea y ¿cuál cree que fue la impresión indeleble que de allí se trajo? La de la pulcritud, el orden y la ausencia de mendigos en sus calles. «Señor Paz —me decía realmente arrobada—, la ciudad está cubierta de severas inscripciones en las que se abomina del pobre y se ensalza la laboriosidad y el civismo.» Contraponga usted esto al caos y la babilonia de nuestros lugares públicos. Contrapóngalo a los foragidos que se comen los dedos de los honrados corredores de comercio en las estaciones de ferrocarril. Contrapóngalo al «vanidad de vanidades» subrayado dos veces en el retrete del subdirector de Muridol. ¡A buena hora iba a escribir una sentencia semejante, y en semejante sitio, el subdirector de Nestlé! Así no se llega a ninguna parte. Así no hay empresa que prospere.

Hay días, lo confieso, en que sentado en la soledad de mi despacho, no consigo reprimir la tentación (y sólo la tentación) de tirar la toalla. «¿Merece la pena anunciarse en televisión en un país como éste?», me pregunto. En el propio Jiménez Paz, no crea usted, abundan las razones para hacerse una pregunta semejante. Cinco siglos de contrarreforma han dejado su huella en todos los rincones. El Tipo Laboral Méndez I no es el único peligro que nos amenaza. Si de verdad aspiramos a adquirir una dimensión internacional, habrá que encarar resueltamente otros problemas.

Cerrado en un cajón de mi escritorio tengo el informe completo del prestigioso equipo de psicólogos industriales que pasó por su cedazo profesional nuestra firma tras el desafortunado episodio del delirio de Méndez. A corto plazo, se puede concluir de los resultados de su estudio, el Méndez I supone, en efecto, una amenaza potencial sin parangón. Pero a largo plazo (y el largo plazo es la razón de estado de Jiménez Paz), un tipo más insidioso lastra nuestras perspectivas de futuro. La numeración de los Méndez no es una de tantas manifestaciones de la pedantería científica. Por desgracia, en nuestra firma se ha detectado también el Tipo Laboral Méndez II.

Jiménez Paz es una empresa familiar. Guste o no, eso ya no hay quien lo cambie. Jiménez Paz comienza a gestarse con el matrimonio del tatarabuelo Maximiliano con su prima Herminia, enlace que unifica las políticas comerciales de Raticidas Paz y Químicas Jiménez. Eso ya es historia y a ello hay que atenerse. Desde entonces, y pese a todas las endogamias que se quiera, los Paz y los Jiménez no siempre han convivido en una relación exenta de tensiones. Con el matrimonio de mis padres (parientes varias veces y en diversos grados, de acuerdo con la genealogía de mi abuela Basilia), tales dificultades parecieron subsanarse. Jiménez Paz se convertía, por fin, en una realidad operativa y no sólo un deseo. Mi nacimiento, y el puesto preeminente que me he ido haciendo en nuestro consejo de administración, no debía haber venido más que a consolidar una fusión tan laboriosamente entramada. En principio, el presente sería el momento ideal para dar el salto hacia el mercado internacional del que depende nuestra expansión y, en consecuencia, nuestro futuro. Sin embargo, las cosas no son tan simples como pudieran aparentar. Jiménez Paz se encuentra ahora mismo sobredimensionada en sus cargos de dirección. Somos demasiados Jiménez y demasiados Paz, cada uno con su despacho, coche y secretaria particulares. Si queremos triunfar hay que comenzar a cortar por lo sano. ¿Pero quién le pone el cascabel al gato?

Acabar con los Méndez I es un juego de niños si se compara con el tacto, tenacidad y astucia que exige la resolución del problema que plantean los Méndez II. A esos primos, medios primos, tíos segundos y sobrinos de tíos aún mucho más remotos, no se les puede reunir y decir: «Os comprendo y os quiero», esperando que con ésas abandonen la firma con la moquita suelta. En primer lugar, hasta es dudoso que acudiesen a la convocatoria en número representativo. Unos pondrían la excusa de inaplazables citas con el dentista y otros argumentarían ineludibles compromisos familiares (alguno hay al que el mismo hijo le ha hecho ya la primera comunión tres veces). En segundo lugar, y en la más que hipotética eventualidad de que acudieran a la convocatoria, llegarían escamados, reticentes y cínicos. «Por favor, Arcadio, que no hemos nacido ayer», me acabarían escopeteando.

Los codos sobre el escritorio no los hinca el que más ni una hora y media a la semana, pero llegado el momento de recordarte sus derechos y pedigree ninguno tiene pelos en la lengua. Tácita o explícitamente, todos se resienten por el hecho de no hallarse investidos de la presidencia del consejo. El uno, porque es veterinario; el otro, en función de la supuesta confianza que en él depositara mi padre; el de más allá, simplemente porque, para chulo, él. Y, en general, molesta, no nos engañemos, la preeminencia de un ciego. El mayor cantamañanas no dejaría de tener su predicamento; pero la presidencia de un ciego, soy consciente de ello, repatea sin excepción. En tales condiciones, no va a ser fácil una solución pactada sobre el futuro de los Méndez II.

«Si tanto le urge la racionalización de la empresa —parece ser que ha llegado a comentar alguno—, que despida a su secretaria.» Así están las cosas. Ni el buen nombre de una empleada ejemplar de la firma se respeta ya. Con tal de no dar golpe, hay quienes están dispuestos a cualquier cosa. No me hago ilusiones: a cualquier cosa. En este país se odia el trabajo, la dedicación, el mérito con la misma profunda convicción con que en Basilea se odia al pobre. El trabajo denigra, baldona, estigmatiza. Por eludirlo no se para en barras; cualquier esfuerzo es poco, la mayor infamia aparece justificada. Perfectos caballeros no dudarían en acuchillar por la espalda en defensa del sacrosanto derecho al ganduleo sin tasa. Y con esto no vaya a pensar usted que catalogo como tales a mis inútiles primos. Me limito a señalarle hasta qué extremos alcanza el mal de la vagancia en nuestra degenerada sociedad.

Pero conmigo más vale no pasarse de listo. Por las buenas, civilizadamente, lo que se quiera. Con la intriga, la calumnia y la babosada, ni el papel del water. «No les haga usted caso, señor Paz», me recomienda mi secretaria. Una prueba más, si hiciese falta, de su natural nobleza. Pero a mí, el que me busca me encuentra. Por naturaleza y contrastada comprobación de los beneficios del diálogo y el pacto, yo me inclino siempre por el acuerdo amistoso. La situación es ésta o la otra; tus razones e intereses, mi querido primo, los que sean, y yo los respeto; vamos a sentarnos y arbitremos una solución. Ésa es mi forma de proceder. No hay que perder nunca los estribos, todo tiene arreglo. Ahora bien, si se me buscan las cosquillas, también sé enseñar los dientes. Y no sólo enseñarlos.

La plena capitalización del inminente derrumbe de Muridol y compañía exige un Jiménez Paz reconvertido a fondo. Quien no lo quiera o no lo sepa entender así no tiene sitio en la firma. Y no se lo hará con insinuaciones groseras sobre el papel que desempeña o deja de desempeñar en ella mi secretaria. Hasta ahí podíamos llegar. Mi secretaria tiene sobre mi persona el único ascendiente que le otorgan su rectitud, sensatez y competencia profesional. Lo mismo que cualquier otro empleado vinculado a la firma. En el puesto que sea. Del primero al último. Si nuestro Consejo de Administración no anda muy sobrado de tal patrimonio moral e intelectual, eso no es ya ni culpa mía ni culpa de mi secretaria, una joven cuya integridad no tengo razón alguna para poner en tela de juicio. Eso es culpa exclusiva de las peculiares características de nuestro consejo de administración.

Y responsabilidad mía es subsanar las deficiencias que en el mismo se observan. Responsabilidad que no voy a eludir. Déjeme usted que dé definitivo carpetazo al expediente de los Méndez I. Los Méndez II también se las van a tener que ver conmigo. «Cuidaos de los idus marzo», les diría yo si les profesase el menor aprecio. Hoy aún vive mi madre. Ahí saben ellos que tienen una tabla a la que agarrarse. Pero mi madre, por ley de vida, no va a ser eterna.

La pobre no es que se meta en nada. Mucho menos que haga frente común con mis primos en contra de la necesaria reconversión de Jiménez Paz. «Si hay que reconvertir, reconvierte, hijo», me dice, como quien dice: «Si eso te hace ilusión, adelante; a mí qué más me da». Pero es evidente que le preocupa el que pueda acabar enemistándome con el resto de la familia, por lo que a ella no le ha de parecer más que un capricho infantil. Aunque no lo diga abiertamente, en el fondo le desazona pensar qué va a ser de mí cuando ella ya no esté en este mundo. Una tontería. Pero qué quiere usted, las madres son las madres. Le da miedo que me vaya a quedar completamente solo. Y muy mal hijo tendría que ser yo si no me esforzara en disipar por todos los medios a mi alcance esa zozobra. En esta vida todo el mundo está solo, qué duda cabe. La soledad no se transfiere, como no se transfiere la propia muerte. Sería imperdonable que un lector de Marco Aurelio condicionase su existencia, y el porvenir de la empresa que el destino ha puesto en sus manos, dejándose llevar por el espejismo de la familia o la compañía. Pero eso no se le puede decir a una madre a los setenta y nueve años. Eso sería amargarle los últimos días de su vida. Y por ahí saben en el consejo de administración que me tienen cogido. Mientras mi madre viva, esa banda de tarados puede respirar, no diría yo que a pleno pulmón, pero es indudable que con cierta tranquilidad.

«¿Y cómo se encuentra nuestra queridísima tía?» es la primera pregunta que me dirigen en cuanto insinúo el más mínimo empeño en orientar la conversación hacia la creciente ferocidad de la competencia internacional. A mi sibilino: «Los suizos no son Muridol», o a mi falsamente frívolo e intranscendente: «Hay que ver lo bien que se les dan las artes marciales a estos coreanos»; el primo Francisco o el primo Claudio de turno responde como un frontón con un ladino: «¿Y cómo se encuentra nuestra queridísima tía?». La vagancia, amigo mío, lo compruebo cada día, no implica estupidez. Téngalo usted siempre presente. Al vago no se le engaña con facilidad. La pereza física no lleva aparejada por definición la pereza mental. Y aun en los casos en que ambas perezas coinciden, la pereza mental no supone una sensible disminución de la capacidad de autodefensa del vago. Si acaso, todo lo contrario. El vago mental se atrinchera en sus cortas ideas como el vago físico se apoltrona en su sillón predilecto. Tan difícil como desalojar al segundo de ése, resulta desviar al primero de aquéllas. El vago se agarra a lo que tiene con la misma contumacia con la que se resiste a marchar hacia lo que pudiera tener. De eso podría yo hablarle y no parar. Los Méndez II constituyen, sin exageración de ninguna especie, uno de los mayores problemas que se le puedan plantear a una empresa en expansión. Al Méndez II no le engatusa usted con tres meses de vacaciones pagadas. Además de vago, es astuto, desconfiado, artero. Que no le descubra a uno el talón de Aquiles, porque entonces se agarra a él como una sanguijuela.

Pero ya se me ocurrirá algo. No lo dude. Yo le dedico todos los días cinco minutos de reflexión al asunto. Y eso, estoy convencido, ha de ser suficiente. No hay que obsesionarse. De ningún modo; obsesionarse es lo peor que se puede hacer. En estos casos, hay que saber darle tiempo al tiempo. Si no se le ocurre a uno nada hoy, ya se le ocurrirá mañana, o al otro, o al siguiente. Todo es cuestión de disciplina y paciencia. Al final, una tarde, de la manera más natural, sin el menor esfuerzo, se le aparece a uno la solución, como a José se le aparecieron en sueños las siete vacas gordas y las siete vacas flacas o a Newton le cayó la manzana en la cabeza. Y entonces, ¡eureka!, nada más evidente que la organización de las finanzas faraónicas o la formulación de la ley de la gravitación universal. «¡Pero cómo he podido ser tan burro!», se dice uno. Yo ya sé lo que es esto. No hay que darle más vueltas. Conmigo los Méndez II han encontrado la horma de su zapato. Yo no me desespero fácilmente. Como el mundo da todos los días una vuelta, yo le dedico todos los días unos minutos de mi actividad intelectual a los primos Claudios y Franciscos de referencia. Mientras los idiotas de ellos se la dan a las arpías de sus mujeres con las arpías de sus amigas, yo me pregunto a mí mismo durante cinco minutos seguidos: «¿Qué hacer?» Con eso es suficiente. No hay que forzar las cosas.

Las puertas del éxito se abren con mayor facilidad de lo que muchos piensan. El triunfo, a la hora de la verdad, no exige nada que no se le pueda razonablemente dar. Con lo único que no transige es con la inconsistencia, la abulia y el caos. Un poco de orden físico y mental (una dieta y un horario), y la salud, el dinero y el reconocimiento social están asegurados. No diría yo que al cien por cien. Por descontado que no; como el propio Aristóteles apunta, la felicidad depende también de un ápice de buena fortuna. Pero con la dieta y el horario se lleva, como mínimo, el ochenta por ciento del camino andado. De eso estoy convencido. Cuando, ya pasadas las cuatro de la tarde, llamo yo a alguno de mis incontables primos y escucho a su secretaria tartamudear azorada, al otro lado del interfono, una excusa estrambótica, me digo para mis adentros: «Perfecto, Arcadio, perfecto; esto marcha». Qué falta le hace a uno ser un genio cuando a las cinco de la tarde sus contrincantes aún no han vuelto de comer.

Hombres así van por el mundo de los negocios con plomo en el ala. A hombres así sólo les puede salvar la sinergia de la más avanzada cirugía cardiovascular y un sorteo excepcional de la lotería primitiva. Que se puede dar, quién lo duda; un golpe de suerte lo tiene cualquiera. De buena o de mala, eso lo sé yo mejor que nadie. Pero, por el mismo procedimiento, también lo puedo tener yo. La Virgen no se les aparece únicamente a los simples, ni la lotería les toca tan sólo a los desempleados. No sea usted cándido. La Virgen se les aparece a todos y la lotería les toca también a todos. Lo que sucede es que a mayor inteligencia o riqueza, menor la publicidad que se da al acontecimiento. Los listos y los ricos, ya por cautela, ya por pudor, no son dados a reconocer el papel que ha desempeñado el azar en su vida. Pero también desempeña su papel. Por supuesto que lo desempeña.

Tómeme usted a mí, por ejemplo. Para qué vamos a ir más lejos. Yo tengo que reconocer que mi vida aparece cruzada por más de uno y de dos golpes de buena fortuna. Podía dármelas de estirado y contarle a usted esa inmensa patraña de que si he llegado a donde he llegado lo debo exclusivamente a mi esfuerzo personal. Pero usted haría muy mal en creérselo. La verdad, toda la verdad y nada más que la verdad es que yo estoy donde estoy en un ochenta por ciento a consecuencia de esas ocho horas que me paso sentado en ángulo recto y, en el veinte por ciento restante, gracias a la buena fortuna.

Las cosas hay que reconocerlas como son. En determinadas situaciones muy especiales de la vida, subir o bajar depende exclusivamente de que nos salga la cara o nos salga la cruz de una moneda en el aire sobre la que ya no ejercemos ningún control. Hay que tener un mínimo de decencia y aceptar que la suerte existe. ¿Qué demérito se sigue para nosotros del reconocimiento de una evidencia tal? Puestos a considerar puntillosamente el asunto, tampoco la hemos inventado nosotros. Ni es seguro siquiera que, de no existir para nadie, hubiéramos salido comparativamente peor parados. Eso también hay que decirlo. Porque gracia me hacen a mí quienes comentan por ahí: «Vendiendo cupones estaría ése si el tío Eugenio no se hubiera ido al Paraguay». Puede que sí, puede que no. ¿Pero estarían ellos realizando actividad más distinguida si mi madre hubiese fallecido ya? Vamos a dejar las cosas claras, que luego se producen malentendidos: el que la Virgen no se aparezca solamente a los tontos no quiere decir que no se les aparezca a los tontos también. Lo uno no quita para nada lo otro.

Quién nos dice, además, que para la suerte no hay que tener antenas. Y no quiero insinuar con eso que yo participara, directa o indirectamente, en la marcha de mi tío Eugenio al Paraguay. No. La de mi tío Eugenio fue una decisión personal, en la que yo no tuve ni parte ni arte. Un caso lamentable del que tampoco tiene sentido hablar ahora. Las familias son como las cárceles: sólo se sabe cómo son cuando se ha vivido dentro. Las felices y las infelices, diga Tolstoy lo que quiera. Y de nada serviría contar la historia de mi tío Eugenio a quien no conoce en qué caldo se cultivó su decisión.

Lo que yo pretendo decirle, al referirme a las antenas y la suerte, es que la suerte, tío Eugenio aparte, emite ondas, vibraciones, señales. Raro es el golpe de fortuna que no nos anticipe su próxima aparición con signos de algún tipo. El que la mayoría nos cojan por sorpresa no quiere decir gran cosa. La fortuna también tiene sus leyes, como la hidráulica o la mecánica. El quid, una vez más, es estar atento y dedicarle tiempo. Tarde o temprano, se acaban atando cabos. Hay situaciones, momentos, ámbitos que nos son especialmente propicios. Otros que nos resultan ciertamente aciagos. ¿Por qué? Eso ya no sabría decírselo. Pero tenga usted presente que en este terreno los ciegos gozamos de un reconocido prestigio histórico. Tiresias no constituye ningún caso aislado. No hay cultura digna de tal nombre que deje de reconocer al ciego dones excepcionales para la captación de los mensajes cifrados que emiten el porvenir y la fortuna. El ciego no puede ver lo que se pone su compañero de viaje en las orejas. Y eso tiene sus inconvenientes, a qué negarlo. Escucha de pronto: «I am Carmelo. This is my dog», y puede llegar a pensar, errónea e injustamente, que un joven irreprochable como usted ha cometido la grosería de encender un *walkman* y ponerse a seguir una lección de inglés. Pero tiene también sus ventajas. El ciego ve otras cosas.

¿A que usted no ha percibido nada extraordinario en este tren? ¿A que no? Pues bien, fíjese en qué le digo: este tren trae buena suerte. Así como lo oye. ¿Piensa acaso que yo hago todos los meses el mismo viaje con el único y exclusivo propósito de visitar la cuna de Raticidas Jiménez Paz? No, hombre, no. Ésa no es, ni mucho menos, la razón principal de mi viaje. Y le hablo completamente en serio. Por ahí se comenta, también estoy informado, que hago este viaje porque, en realidad, es el único que sé hacer solo. Según esas lenguas viperinas, mi presencia hoy aquí no tendría otra razón de ser que mi presunta invalidez y mis, no menos presuntas, ganas de dármelas de importante. Ya ve usted qué estulticia más descomunal. Modestia aparte, yo no tengo por qué dármelas de importante, porque, entre otras muchas cosas, soy realmente importante. En mi campo y, de momento, dentro de las fronteras de este país, claro está. Pero en esos ámbitos poco tengo que envidiarle a nadie. Arcadio Jiménez Paz es un nombre que suena en muchos sitios; no se llega a presidente de la Coordinadora Estatal de Invidentes para el Progreso desde el anonimato. Si Arcadio

Jiménez Paz se sube a un tren, sus motivos ha de tener. Y los tiene, amigo mío, vaya si los tiene. Motivos muy concretos y especiales. Motivos de mucho peso. Un servidor no se destroza el estómago con la infernal comida del restaurante de la estación para hacer el paripé.

Este tren (y se lo voy a decir aun sabiendo a lo que me expongo), este tren ha hecho por Jiménez Paz más que todos los primos Claudios y Franciscos juntos. De no haber sido por este tren, no me recato en proclamarlo, Jiménez Paz habría caído hace ya mucho en las garras de algún banco. ¿Dónde cree usted que conocí a mi secretaria? ¿Dónde supone que se me ocurrió la providencial frase que nos ha hecho populares y temidos en los ayuntamientos de todo el país? Sí, amigo mío, sí: en este tren. Y yo sostengo que no se trata de simples coincidencias. Sólo le he citado dos ejemplos, pero podría citarle dos docenas. Qué digo dos docenas, tres, cuatro, cinco... Qué sé yo. No todos de la transcendencia de los referidos, ni que decir tiene. Pero significativos cada uno a su escala.

Y usted podría decir: «Natural hasta cierto punto, habiendo realizado este mismo viaje trescientas diecinueve veces». Entiendo su objeción, no vaya a creer que no. Yo soy el primero en habérmela hecho. Trescientos diecinueve viajes, como llevo yo realizados ya en este tren, son, lo reconozco, unos cuantos viajes. Pero, admitido eso, ¿cuántas más veces no me he metido en la bañera, sin haber extraído de ella otro beneficio que mi personal morigeración? ¿Cuántas? No nos obcequemos en raquíticas concepciones del progreso. La suerte existe; negarlo es tan retrógrado como negar cualquier ventaja práctica al motor de explosión sobre la tracción animal. Del hecho de que no hayamos descubierto todavía las reglas por las que se rigen los designios de la fortuna no han de extraerse conclusiones apresuradas. Lo que se impone es desplegar las antenas, hacer un esfuerzo, estar alerta. Y, entonces, poco a poco, se van percibiendo signos, ligando indicios y advirtiendo caminos.

Hace dos meses viajaba yo (en este mismo tren, evidentemente) en compañía de tres monjas ursulinas que se dirigían a un congreso pedagógico. Tras las inevitables referencias a la condición sacerdotal de mi tío Severo, la educación de la juventud y otros asuntos de circunstancias, la conversación, como está sucediendo esta tarde, acabó girando en torno del peliagudo asunto de la suerte. ¿Y sabe usted qué tuvimos que terminar concluyendo? Pues que no sólo yo, sino también mis tres compañeras de viaje, no una o dos, ha oído usted bien, las tres, estaban persuadidas de que este tren había tenido una importancia transcendental en su vida. Y la palabra de tres monjas ursulinas puede no merecerle excesivo crédito a un hombre como usted; pero es que no paró ahí la cosa. Cita va, cita viene, matiz aquí, excepción a la regla general allá, ¿qué descubrimos? Las cartas astrales de los cuatro auspiciaban sin ambigüedades de ninguna clase la afectuosa relación que estábamos entreteniendo.

Usted podrá pensar lo que quiera. Libre es de hacerlo. Pero ¿llegará en su obstinación hasta negarme que, como coincidencia, ya pasa de castaño oscuro? Muy positivista hay que ser para llegar hasta ese extremo, me parece a mí. Semejante escepticismo, perdone que se lo diga, tiene ya algo de supersticioso. Un escepticismo tal no puede ser sino hijo del miedo a lo desconocido. Y a eso le llamo yo superstición. Hay que ser valientes, amigo mío, hay que saber reconocer la enormidad del desamparo y desvalimiento en que aún nos encontramos frente a las fuerzas cósmicas y telúricas. La política del avestruz no es solución. El hombre de negocios tiene que saber encarar la realidad. No es ya que no nos pase nada, es que no somos nada, una mota de polvo, una brizna de hierba, un grano de arena, sometidos a toda suerte de influjos y caprichos ajenos.

«¿Cómo vamos a negar que la Luna afecta a los humanos, que estamos compuestos por tres cuartas partes de elementos líquidos, cuando mueve las mareas?», me decía una de las tres referidas ursulinas. Y así, con calma, con rigor, con amplitud de perspectivas, es como tiene que considerar las cosas el verdadero hombre de empresa. Y si todos los días le dedica su momento a analizar las evoluciones de la bolsa, ¿cómo no va a dedicarle su tiempo correspondiente a sopesar la posición de los planetas? ¿Por miedo al qué dirán? Me río yo del qué dirán o dejarán de decir. Ni el memo, ni el chismoso, ni el espectador de ocasión me dan a mí de comer. Mi cuenta bancaria no se engrosa o reduce con el comentario de corro y pasillo, sino con la competitiva producción y comercialización de raticidas. Eso, como hombre de negocios, ha de ser lo único que me preocupe.

Por desgracia, sin embargo, nuestros principales rotativos, la llamada prensa seria, descuida este tipo de información. Los horóscopos, cuando se publican, que no es ni siquiera siempre, aparecen esquematizados de la forma más sucinta y denigrante. Salud, buena; trabajo, regular; amor, malo. A eso, o algo por el estilo, puede reducirse en nuestros días una sección periodística de tan larga tradición y con tantísimas posibilidades para desarrollar una prosa de mérito. Tal da la impresión de que en las redacciones de nuestros periódicos de algún prestigio se considera poco serio el pronóstico astrológico. Como si no errase más, y con mucha menos gracia, el ministro de Economía cada vez que abre la boca, y no tuviese la sección de horóscopos harto más abundantes seguidores. «En el convento —me reconocían las tres ursulinas de que le he hablado— todas leemos los horóscopos, Su Santidad nos perdone.»

Ahora bien, no se le ocurra apuntar la palmaria insuficiencia con que se cubre la información astrológica en nuestra prensa diaria. Que se le tomará por imbécil. Y no hablo por hablar. No es ésa mi costumbre. Lo digo por experiencia propia. Hace ya algunos años, humillado y ofendido por tan notable deficiencia en la estructura periodística nacional, consideré un deber ineludible dirigirme al director de *El País* en tal sentido. En el tono más respetuoso y con el aporte de todo tipo de argumentos (históricos, comerciales, éticos...), llamaba yo su atención sobre la imperdonable ausencia de una sección astrológica en ese diario. «Un periódico —decía yo en mi carta—; que ha nacido y se autoproclama un día sí y otro también impregnado de un laudable espíritu de concordia democrática; un periódico que manifiesta su intransigencia sólo en la búsqueda de la verdad; un periódico que considera que informar y formar no son sino facetas de un mismo prisma profesional, en el que tienen cabida los reflejos de los más diversos modos de considerar el mundo y las más contrapuestas opiniones, sin otra cortapisa que el respeto al honor, la intimidad y la libertad de todos; un periódico, en fin, y para no cansarle, digno del nombre de tal no puede, señor director, retroceder ante la evidencia, la justicia y la razonabilidad que reclaman una sección astrológica en el mismo.»

Nada que moleste a nadie. Nada que atente contra la Constitución o socave los cimientos de la monarquía. Vamos, me parece a mí. Pues..., hasta ahí llegan los prejuicios, mi carta nunca llegó a publicarse. Por toda respuesta, se me informó, bastante secamente, que la escasez de espacio lo hacia imposible. Mentira cochina, si me disculpa usted el exabrupto. Durante la semana siguiente a la remisión de mi escrito, se publicaron en dicho periódico un total de veinticinco misivas, en las que se opinaba sobre particulares de tanta enjundia y trascendencia como la reducción del número de jornadas de la temporada futbolística, la suerte de banderillas o el volumen de las glándulas mamarias de determinada cantante pop. Dígame usted si no es para sublevarse.

Una sociedad que no respeta los derechos más elevados en sus expresiones más nimias tampoco los respetará en circunstancias de vida o muerte. El boicot al horóscopo es sintomático. En nuestra sociedad subyace el talante censor y el ánimo discriminatorio que inspiró al gran inquisidor Torquemada. A mí, egoístamente, no me puede resultar más indiferente que *El País* cuente o no en sus páginas con una sección astrológica. Yo estoy subscrito a las publicaciones internacionales más prestigiosas en la materia. Mi rebeldía no tiene su origen en razonamientos tan mezquinos. Cuando yo digo: «Esto es el colmo», no quiero decir: «Esto me perjudica», como les sucede a tantos otros. Cuando yo afirmo que por aquí o allá no se puede pasar, pienso genuinamente que tal vía es intransitable, con independencia absoluta de cuáles sean mis intereses personales en ese momento. En mí, aunque muchos se nieguen a admitirlo, y yo mismo no acostumbre a vanagloriarme de ello, anima una llama filantrópica muy considerable.

A usted no tengo por qué ocultárselo, la fatigosa redacción y desprendida edición de *Dominarán la Tierra* no debe considerarse un episodio aislado. El mismo espíritu de solidaridad con mis congéneres y generoso interés por la cosa pública que me impulsó a publicar aquel incomprendido opúsculo ha inspirado otras muchas decisiones en mi vida. Mi carta al director de *El País* ha de ser interpretada en ese contexto. «Algo huele a podrido en Dinamarca», quería decir yo. Y algo seguirá oliendo a podrido mientras no se acabe con la inaceptable discriminación que yo denunciaba. Que el señor director de *El País* desconsidere una advertencia tan explícita me apesadumbra. Mentiría si no lo reconociera. «¿Cómo se puede estar tan ciego?», me pregunto a veces cuando me vuelve la mente a la abusiva preterición de que fueran objeto los nueve folios de mi carta. Hasta el comité de Empresa de Jiménez Paz, en el que no abunda precisamente el elemento ilustrado, es capaz de percibir que, en casos así, hay que tomar medidas inmediatas si no se quiere que acabe salpicando la sangre.

Habida cuenta de cómo han discurrido los acontecimientos, yo podría simple y llanamente lavarme las manos. La pelota está ahora en el tejado del señor director de *El País*. Sin embargo, qué quiere usted, hay aún momentos en los que me digo que hago mal dejando las cosas como están. «Con toda probabilidad —pienso—, el señor director de *El País* no llegó siquiera a leer la carta en cuestión. ¿No estaré siendo injusto al responsabilizarle de lo que tiene toda la apariencia de ser una decisión tomada a sus espaldas? ¿No abdico culposamente de mi deber al no redactar una nueva epístola reiterando el contenido de la primera, y aun ampliándolo en los puntos en que sea oportuno?»

Pese a lo que muchos bodoques recomidos por la envidia insinúen por ahí, por estas venas sigue fluyendo la sangre. Y no lo proclamo ni con despecho ni con orgullo. No, señor. ¡Para lo que nadie me va a agradecer mis desvelos! Me limito a constatar un hecho. Aún hoy es el día en que, si le he de ser absolutamente sincero, no descarto la posibilidad de volver a echarme a la espalda la pesada carga de escribir, no ya sólo una nueva carta al señor director de *El País*, sino hasta un nuevo texto de más largo aliento, reiterando las propuestas contenidas en *Dominarán la Tierra*. ¿Con qué fin? No con el de vender más raticidas; con el único y exclusivo propósito de poder decirme a mí mismo: «Arcadio, aquí va tu granito de arena en pro del género humano».

A mi secretaria, por descontado, sigo sin darle pie a que se haga ningún tipo de ilusiones al respecto. Por lo que a ella se refiere, y al menos de momento, con *Dominarán la Tierra* se acabaron mis incursiones en el ingrato mundo literario. Pero la idea no deja de darme vueltas en la cabeza. En esta ocasión, se trataría de una obra mucho más ambiciosa, de una obra con afanes de cambiar el signo de la inane literatura de nuestros días, si no resultase vanidoso y pedante decirlo. Adecuadamente utilizadas, las posibilidades literarias de la rata no tienen límite. La peste ática, Einstein, el profesor O'Connor, la gineta y el meloncillo no son más que unos botones de muestra. En la rata yace una veta de inspiración inagotable. Cómo no ha reparado nadie en ello hasta el momento es algo que me cuesta trabajo comprender.

¿Qué le parece a usted, por ejemplo, que hacen las ratas cuando se ven sometidas experimentalmente, como yo las someto en el laboratorio, a una excesiva presión demográfica? Ni más ni menos que darse al vandalismo, los episodios depresivos y las prácticas sodómicas. ¿Cabe imaginar un punto de arranque más prometedor para una obra contemporánea con legítimas pretensiones de inmortalidad. La irrupción protagonista de la rata en nuestra literatura supondría un hito de no inferior transcendencia a la introducción de las estrofas italianas. Estoy completamente persuadido de ello. Un ser que responde a la superpoblación entregándose al fornicio contra natura constituye un vehículo literario óptimo para entrar en el nuevo milenio. La rata es el soneto del año 2000. Cuanto más tiempo se retrase el pleno reconocimiento de sus valores poéticos, más difícil será erradicar de nuestras bellas letras las insulsas diseñadoras y los insufribles relaciones públicas. Y no se me objete que la rata pudiera resultar inadecuada estéticamente a la revitalización que propongo. Porque a eso respondo yo: «¿Son acaso el Conde Drácula y el monstruo del doctor Frankenstein dechados de donaire y galanura?» Y ahí los tiene usted, codeándose como pimpollos con la Reina Ginebra y la blanca Iseo.

La belleza literaria nada tiene que ver con la hermosura común. Literariamente es mucho más hermosa la Bestia que la Bella. En literatura lo importante es decir; quien más y mejor nos lo permita, más bello será. Y la rata, amigo mío, la rata es una mina, un torrente, un aluvión. Dejemos de lado las reflexiones sobre la ciudad blindada, que tan poca aceptación tuvieron en su momento, y concentrémonos en la copulación estéril. Algo tan eterno y, en el fondo, tan irrelevante como la penetración por angosta vía adquiere, con la rata de por medio, una nueva dimensión, un aire de innegable modernidad. «Como no pongan ustedes coto a los desafueros genésicos —nos informa la rata—, se acabarán comiendo los unos a los otros.»

De bien poco sirve asfixiar a la industria con la regulación draconiana del vertido de sustancias tóxicas; si no se pone freno al crecimiento desmesurado de la población, se está perdiendo soberanamente el tiempo. Gracia me hacen a mí esos ecologistas de vía estrecha, venga a derramar lágrimas de cocodrilo por la desforestación de la Amazonia, y al mismo tiempo fornica que te fornica sin adoptar las menores precauciones en cuanto a la concavidad receptora de los fluidos resultantes de tan incontrolada salacidad. Las emisiones seminales, y no las industriales, son las que tendría que regular con mano de hierro el Parlamento Europeo. La industria nunca ha sido tan limpia y respetuosa del medio ambiente como lo es en el mundo actual. Si lo que se quiere, de verdad, es acabar con la contaminación marina, la lluvia ácida, la destrucción de la capa de ozono y el recalentamiento de los casquetes polares, se equivoca indecorosamente el tiro haciendo la vida imposible a los honestos hombres de empresa como yo.

En este terreno, no admito lecciones de nadie. Hace probablemente más por el porvenir del planeta cada una de las toneladas de Ratokill que yo despacho a la WURA que todos los ecologistas del globo juntos. A estas alturas no valen ya los paños calientes. Bien está el que se regule el vertido de residuos contaminantes. Pero sólo siempre y cuando se tenga presente que con ello no se están poniendo más que parches y se proyecte la activación de mecanismos correctores de mucha mayor envergadura. La purificación de la biosfera exige la toma de medidas drásticas, la acción directa, por más que nos duela. No digo yo que Ratokill sea la solución. No digo siquiera que sea el procedimiento. En absoluto. Pero me concederá usted que en situaciones como ésta, sin caer en maquiavelismos excesivos, no se puede tampoco colocar el puntilloso respeto al detalle por encima de la consideración del conjunto.

Si el género humano sigue empeñado en hacer caso omiso a las preclaras advertencias de Malthus, hay que aceptar lo que ello trae consigo. Lo que no se puede es pedir al hombre de empresa que proporcione saquitos individuales de azúcar para el cortado de siete mil millones de seres humanos y que en su fabricación, envasado, etiquetado y envío no moleste a las orquídeas silvestres de la Amazonia. En esta vida hay que estar dispuestos a aceptar que toda elección implica renuncia. Las orquídeas silvestres de la Amazonia no son compatibles con la presencia en este mundo de siete mil millones de bocas y barrigas. Siete mil millones de bolsitas individuales de azúcar no se pueden poner en el mercado sin perturbar el delicado ecosistema amazónico. Dos mil o tres mil millones, es posible; cinco mil, sólo con dificultades; siete mil, de ninguna de las maneras.

Ya está bien de hablar y no parar de los deberes del abnegado hombre de empresa. ¿O es que es el empresario el único ciudadano que tiene deberes? ¿No los tiene también el ecologista? ¿No los tiene, sobre todo, el libidinoso sarraceno? Si es así, y así es, cúmplanse por parte de todos y, cuando no se haga, júzguense las transgresiones con el mismo criterio. Que no se me pese a mí cuatrocientas veces el grano de cianuro de más o de menos que vierto en la atmósfera, mientras todo es reírle la gracia y darle palmaditas en la espalda cada vez que el lúbrico Mohamed comete el crimen de lesa ecología de unirle ajorcas y arracadas a la prontípara Fátima de turno.

Uno acaba cansándose. Aguanta y aguanta, pero al final llega un día en que no puede aguantar más. La OCDE (Turquía excluida, por razones obvias) tendría que reaccionar ante tamaños disparates. ¿Que se quiere controlar? Pues que se controle, amigo mío, que se controle. Yo soy el primero que vengo pidiéndolo a gritos. Pero que no se empiece la casa por el tejado ni se pierda el tiempo en simplezas y niñerías. El peligro no está en las cuatro inofensivas moléculas de cianuro que se le escapan a cualquier honesto industrial en un descuido. Quien le está retorciendo el cuello a la gallina de los huevos de oro no son los fabricantes de raticida, sino la banda de mercenarios que no vacila en poner en manos del medo un sinfín de productos letales para la seguridad del planeta. Y no me refiero al calumbriento material bélico que les vendemos cuando ya no sirve ni para desasnar reclutas. Me refiero a modernísimos tractores, nutritiva leche en polvo, vacunas de probada eficacia... Ahí es donde hay que apretar las clavijas. Ya se pueden inspeccionar alcantarillas, que, entretanto no se bloquee la exportación de productos semejantes a países que encabezan la liga de la natalidad y la animadversión hacia Occidente, nos estamos haciendo el harakiri.

¿A quién favorece a estas alturas la erradicación del tifus, la malaria o la enfermedad del sueño? ¿A usted y a mí? Desde luego que no; favorece exclusivamente a mahométicos y asimilados. La incapacidad de nuestra clase técnica y científica para percibir tal realidad representa uno de los principales puntos flacos de la geopolítica occidental. La benignidad con que acoge el Mediterráneo la travesía del emigrante clandestino o la criminal hospitalidad que brinda el bañista al vendedor de transistores, con ser graves, constituyen debilidades menores en comparación con la hipostemia que produce la presencia enquistada de una clase técnica y científica embrutecida por la secular división entre el trívium y el cuadrívium. Nuestros técnicos y científicos, con contadas excepciones, entre las que no creo pretencioso incluirme, son gente de una formación estrecha, escasamente leída e incapaz de ver más allá de la platina del microscópio o la hoja de cálculo.

De eso es de lo que tendrían que preocuparse en Washington y Bruselas. A eso es a lo que debieran dedicar nuestros gobiernos el tiempo que pasan manoseando el cuadro macroeconómico, que sabe cuidarse perfectamente solo. Pero ¿qué sucede? Pues que nuestros ministros y hombres públicos ni tienen dos dedos de frente ni tienen las agallas indispensables para plantarles cara a fanáticos y demagogos y decir de una vez por todas: «No me vengan ustedes con martingalas; si el medo quiere vacunas, que las invente». Y no se habla más. Occidente no tiene ninguna obligación moral de colaborar con la orgía demográfica que se tienen montada esos degenerados. Que cada cual se mate sus pulgas. A nosotros el tripanosoma gambiense no nos ha hecho nada. ¿Que a ustedes, señores medos, les molesta? Pues cácenlo con liga. ¡No te fastidia! ¿O es que el tripanosoma no tiene ningún derecho a la existencia? ¿No se le reconoce tal derecho al oso pardo, a la avutarda, al águila imperial y al buitre leonado? ¿Por qué no se le va a reconocer también al tripanosoma?

Hay que ser un poco coherentes en lo que se dice. No es de recibo rasgarse las vestiduras cada vez que se arponea una ballena y, al tiempo, y con igual algarabía, militar en la causa de la despiadada exterminación del tripanosoma. ¿Piensan acaso esos botarates que muere más la ballena que el tripanosoma, que su desaparición de la faz de la Tierra es más desaparición, que el parmenidiano dilema del ser se resuelve tirando de báscula y cinta métrica? ¡Serán mamarrachos! La misma tragedia cósmica (toda o ninguna) supone la extinción de la descomunal ballena que la del diminuto tripanosoma. Los mismos interrogantes abre. Las mismas responsabilidades morales implica. No se muere como se compra jamón de Jabugo, a gramos. Se nace o muere totalmente, sin distinción de pesos ni tamaños, sin lugar para grados, escalas, puntos intermedios o matices de conveniencia. Lo que se está haciendo con el tripanosoma no tiene nombre. Al tripanosoma, por la sola y exclusiva razón de su reducidísimo tamaño, se le está haciendo desaparecer del planeta en medio de la más ignominiosa conspiración del silencio. Ni una voz, ni una sola, se ha levantado hasta la fecha para destacar algo tan notorio como que los medos son cada día más y los tripanosomas, por el contrario, cada día menos.

Y no se ponga en mi boca lo que no he dicho. Yo me limito a confrontar cifras y progresiones con objetividad irrefutable. Pero, admitirá usted, que a tenor de las mismas, cualquier verdadero amante de la naturaleza no tiene otra opción que preguntarse: «¿Es realmente el tripanosoma el que sobra?». En tanto esa pregunta no la escuche yo en boca de algún portavoz prominente del movimiento ecologista, que no se me venga a mí con insinuaciones de ninguna clase: pero de ninguna. A ver si es que va a resultar ahora que la defensa de la verdad constituye un crimen contra la naturaleza. Por ahí no paso.

Arcadio Jiménez Paz puede entrar con la cabeza muy alta en cualquier congreso en el que verdaderamente se defienda la conservación de la naturaleza. Tanto en nombre propio como en representación de la familia a que pertenece o la firma que preside. Los ciento diez años de Jiménez Paz constituyen un modelo de racional respeto al medio ambiente y compasiva preocupación por los derechos de los animales. En la temprana fecha de 1899, cuando en este país no había oído hablar del ecologismo ni el ministro de Fomento, ordena mi bisabuelo materno extender en «L» la sede de Raticidas Paz con el solo propósito de evitar la tala de un centenario castaño de Indias. No mucho después, en 1907, un tío segundo de mi madre, don Hermenegildo Paz Cifuentes, patenta con el nombre de Resorte Paz una compleja trampa de muelle múltiple que, en su opinión (equivocada, por desgracia), debía asegurar el desnucamiento instantáneo y, consecuentemente, la muerte indolora de las ratas apresadas por ella. En plena contienda civil, otro ascendiente materno, de parentesco más remoto, pero vinculado también estrechamente a Raticidas Paz, don Segismundo Ardiles Arujo, tiene el valor de dictar en el Ateneo de Santander una conferencia con el equívoco y peligroso título de «Rivales, pero no enemigos», en la que (en contra de lo que pensaron los indignados falangistas que le apalearon al salir) su único anhelo era compaginar un sí rotundo a la desratización (por motivos higiénicos y de decoro público) con el reconocimiento de las muchas cualidades de ratas y ratones. E incluso por el lado paterno, aunque no sea ésta la rama más liberal de la familia, cabe encontrar un ilustre antecesor, don Joaquín Duque Jiménez, que, desde la Dirección General que ocupara en el ministerio de Agricultura en tiempos del general Primo de Rivera, realiza una tan ingente como poco reconocida labor en pro de la estricta regulación de la antiecológica práctica de la quema de rastrojos.

¿Cuántos de esos autodenominados «verdes», que hoy se pavonean por nuestros asfaltos, cree usted que pueden presentan un árbol genealógico tan frondoso en lo tocante a la defensa del medio ambiente? ¿Cuántos pasarían la prueba del escrutinio de cuatro generaciones con la tranquilidad de saber que en el erial ecológico del siglo XIX les espera, para salir en su aval, un bisabuelo defensor del castaño de Indias? ¿Cuántos, de depender su salud y sustento de la venta de raticidas, y no de la de pegatinas y folletos, tendrían el valor, la honradez y la hombría de bien de subirse en plena guerra civil a la tribuna del Ateneo de Santander para decir: «Señores, la rata también tiene sus méritos». ¿Cuántos, en fin, de tener a su alcance irse de vacaciones a Marbella o las Bermudas, como un servidor tiene, pasarían sus días de descanso estival debajo de un humilde manzano en una finca rústica sin ninguna pretensión, como un servidor los pasa? Para contarlos le sobrarían dedos en la mano hasta al cuñado de mi peluquero.

Y no me quiero quemar la sangre. Con la Luna en Cáncer es clamar por la úlcera de estómago. Pero motivos para la indignación hay de sobra. ¡Hasta ahí podíamos llegar! Enemigo de la naturaleza yo... ¡Con lo que a mí me gusta el campo! Capaces son esos descerebrados de dudar que un ciego pueda apreciar en todo lo que vale una higuera o un sauce llorón. Nada me extrañaría. El raquitismo intelectual con que encaran los complejos problemas de la conservación del medio ambiente trasluce a las claras una mezquina concepción patrimonialista de la naturaleza. Esos muertos de hambre no defienden la ballena porque la consideren objetivamente en vías de extinción, sino por considerar que, a falta de otra propiedad, la ballena es suya. Que no se le ocurra a nadie abrir la boca sobre el particular, que se ponen como basiliscos. De las necesidades, gustos y aficiones de la ballena sólo saben ellos.

Y sólo ellos, y nadie más que ellos, pueden apreciar la higuera, el sauce o las margaritas silvestres. Pues no, señores míos, no; la biosfera es de todos, y todos tenemos el mismo derecho a opinar sobre su suerte y gozar de lo que nos ofrece con los medios que buenamente estén a nuestro alcance. ¿O es que la democracia va a quedar convertida simplemente en el sistema político en el que los tontos también votan?

Como instrumento para la aprehensión sintética, la vista supera, probablemente, a cualquiera de los otros sentidos. A la hora de resumir, la ventaja que nos llevan ustedes los videntes parece difícil de discutir. Pero como instrumento de percepción analítica, el de la vista es un sentido que deja muchísimo que desear. El todo, en este caso, se impone a las partes. Lo que, a la hora de disfrutar, supone un notable impedimento. El tacto, el olfato, el oído o el gusto son sentidos infinitamente más hedónicos que la vista. Un cuadro del Veronés puede que verdaderamente sea un festín, como afirman algunos; mal situado estoy yo para negarlo. Pero ya me extrañaría que su contemplación le haya hecho jamás a nadie la boca agua, algo que consigue, con sólo su aroma, el más ordinario guiso doméstico.

El hecho de que todas las apoteosis de la percepción sensible se vivan con la visión distorsionada (como tantos autores destacan) debiera darnos en qué pensar. Ni el deliquio erótico ni el éxtasis místico se experimentan con ojos de águila. En esos momentos sublimes, la naturaleza, de manera refleja, considera oportuno nublar, de un modo u otro, la vista. ¿Hace falta prueba más inequívoca del escaso aprecio en que tiene a tal sentido a otros fines que los subalternos de la mera composición de lugar? La naturaleza no obra por capricho. Cuando se resigna a abandonar la vista en tan intensos trances, es porque sabe muy bien lo poco que cabe esperar de ella. La vista es el más diletante de los cinco sentidos.

En los momentos cumbres acaba siempre convirtiéndose, no ya en ineficaz ayuda, sino hasta en manifiesto estorbo.

Desconfíe usted de lo que, como la vista, pasa simplemente por las cosas. Por vía tan poco comprometida, no se accede a conocimientos demasiado profundos del mundo. El que vive de ese modo sólo vive la mitad. Las cosas no se conocen de verdad más que cuando pasan por nosotros. Un árbol sólo es plenamente un árbol en el momento en que se percibe desde dentro, desde el estómago, desde el corazón, desde los pulmones. Cuando se huele, se palpa, se escucha. Y nadie huele, escucha o palpa en toda su dimensión con los ojos abiertos. Como todo diletante, el sentido de la vista es celoso, absorbente, tiránico. Donde interviene la vista, desaparece toda esperanza de percepción sinfónica del universo.

De no andarnos con cuidado, la vista va a terminar con todo. Si las acumulaciones excesivas de poder no son buenas ni en la política ni en el comercio, no lo son tampoco en la biología. Lo mismo que existen garantías constitucionales contra el partido único o leyes antimonopolio, debieran arbitrarse los oportunos mecanismos de control de las tendencias totalitarias de la vista. Usted no habrá reparado en ello, pero yo sí; en los últimos años asistimos a un verdadero golpe de estado de los valores ópticos. De manera sinuosa e incruenta unas veces, del modo más desvergonzado y violento otras, la vista va relegando al desempeño de papeles secundarios a los otros cuatro sentidos con una determinación implacable. El hermoso aforismo oriental de que una imagen vale por mil palabras, que durante siglos y siglos no fuera en realidad más que la sutil expresión metafórica de la extraordinaria complejidad del ser, se toma hoy al pie de la letra del modo más tosco. La superficialidad del mundo moderno encuentra en la vista un aliado ideológico hecho a la medida de sus vulgares necesidades ¿A qué esforzarse en la plural percepción de una realidad cambiante y, a lo peor, hasta incluso inasible? ¡Cuánto más cómodo no es espachurrarse frente a la pantalla del televisor y dar por sentada la esencial identificación del mundo y su imagen! Dos mil quinientos años de historia de la filosofía, de historia de la duda, de historia del desasosiego humano se dan de lado, plebeya pero eficazmente, con sólo apretar un botón. Gesto tan nimio resuelve, en millonésimas de segundo, la milenaria contradicción entre lo uno, lo permanente, lo que es; y lo múltiple, lo mudable, lo que sólo parece ser.

«La televisión va a acabar con todo», decía mi difunto padre. Y si bien es cierto que erró por completo en relación a lo que específicamente se refería, no lo es menos que, en términos generales, estaba cargado de razón. El momento por el que atravesamos es serio. De nada sirve negarse a reconocer el mal cariz de la situación. El enemigo está entre nosotros. ¿Cuál cree usted que constituye la fuente más habitual de jeremiadas y lamentos en los círculos de invidentes que, como consecuencia de mi innegable prominencia social, no tengo a veces más remedio que frecuentar? ¿Nuestra vulnerabilidad al infarto? Pues no, señor; el infarto, por mucho que yo me esfuerce, ocupa sólo un distante segundo lugar. Nada hay de que se resienta más el ciego de nuestros días que de encontrarse privado del disfrute de la televisión. No se le ocurra a usted hablarles del zumbido de las abejas o del olor de la resina. A lo más que puede aspirar con ello es a un desdén compasivo, siendo mucho más común el tener que escuchar alguna mala palabra. «¡Anda y que te den por donde acaba el aparato digestivo con tus malditas abejas!», se me ha llegado a gritar a voz en cuello a mí por el solo delito de referirme a las delicias sonoras del vuelo de tan industrioso insecto. Imagínese usted qué espectáculo, en mitad de una cena de la Cruz Roja. Fue mentar las abejas, y salírseme de quicio un interlocutor hasta entonces perfectamente razonable. Y si eso sucede entre los propios ciegos, qué vamos a pedirles a los ecologistas.

Aunque no falten quienes cándida o interesadamente se empeñen en defender lo contrario, con el siglo que se va se despide también el politeísmo de nosotros. Lo que no logró el verbo incendiario de un Tertuliano lo está logrando el más desangelado cachivache doméstico. Aguce usted los sentidos una tarde de fútbol televisado, y percibirá cómo la nación entera contiene el aliento. «No hay otro dios que Dios», claman enfervorizados los átomos del aire, y los veintidós jovenzuelos en paños menores que patean ferozmente una tosca esfera de cuero son, para la ocasión, sus venerados profetas. Qué extraño tiene que se le despida a uno con cajas destempladas cuando, del modo más extemporáneo, tiene la desfachatez de hacer mención sacrílega del zumbido de la irreverente abeja. Mi tío Severo, menos pacato y pusilánime, no habría vacilado en reclamar la inmediata intervención del brazo secular. De un dios sólo protege otro dios, como todos sabemos desde Homero, y cuando sólo hay un dios, se ha de estar dispuesto a la sumisión o resignado a la hoguera.

Y no me hable, por favor se lo ruego, de las tertulias. Cuando se me citan las tertulias televisivas como prueba de la neutralidad y pluralidad del medio, raramente puedo contener la interjección soez. Querer justificarse con la reunión de media docena de dislálicos alrededor de un café barato me parece unir al sarcasmo el oprobio. La concentración de lugares comunes, giros sobados, frases hechas, bromas torpes y risitas estólidas por encima de las cotas que la física considera tolerables para la compresión de gases puede merecer una mención honorífica en las teratologías especializadas, pero a mí, se lo suplico, no me lo comente siquiera. Aunque luego me pesa, no siempre consigo controlarme a tiempo.

Yo soy un hombre tolerante en el más amplio sentido de la palabra. Es decir, no sólo acepto civilizadamente que sobre gustos no hay nada escrito, sino que estoy dispuesto a conceder que algo tendrá de bueno lo que a mí no me gusta si es que le gusta a otro. La mía no es la tolerancia ruin del «sarna con gusto no pica» o del «con su pan se lo coman» y del «de lo suyo gastan». No; yo admito sin ningún género de reservas la igualdad jerárquica de los gustos, no considerando ni por un momento que los míos, por el mero hecho de ser míos, son superiores, aunque los de los otros, por ser gustos, también sean aceptables. Así soy yo.

Pero en lo tocante a las tertulias..., qué quiere usted que le diga..., me hierve la sangre. No hay nada que hacer; es más fuerte que yo. Hasta estropearle una noche el televisor a mi propia madre ha llegado a pasárseme por la cabeza. Cualquier barbaridad con tal de impedir la profanación del hogar por esos heraldos de la idiocia. Sólo pensar que, mientras yo paso la sobremesa encerrado en mi despacho disciplinadamente sentado en ángulo recto, una banda alevosa de cretinos se aprovecha de la debilidad de mi pobre madre para arrellanarse del modo más indecoroso en el salón de mi casa profiriendo incoherencias sin límite; sólo pensarlo, hace que se me lleven los diablos. «Tampoco tiene tanta importancia, hijo mío —me dice mi madre con el ánimo de calmarme—; si tú ya sabes que yo me quedo dormida a los diez minutos.» Y tiene razón, lo reconozco. Ciertamente se queda dormida. Y no ya a los diez minutos, como ella pretende; se queda dormida en cuanto enciende el televisor. Lo tengo comprobado. Pero no por ello consigo siempre contener el ataque de cólera. «¡Que no esté prohibido esto! —exclamo—. ¡Que se permita atentar impunemente contra la salud mental de una anciana valetudinaria mientras su único hijo contribuye a la prosperidad del país!» «En casos así —llego a disparatar—, es cuando se aprecia en todo lo que vale la censura.» Imagínese usted, qué ultraje a cincuenta y pico años de acendradas convicciones liberales. Pero, ya le digo, en esos momentos no soy yo mismo.

Una calamidad, amigo mío; una calamidad como otra cualquiera. A unos se les abren abscesos en salva sea la parte y a mí me dan esos prontos vergonzosos. No crea que me vanaglorio de ello. Muy loco tendría que estar para hacerlo. Dése usted cuenta de la situación. No se trata sólo de la mácula que improntan en mi blasón liberal tales expresiones de intransigencia. Con ser de lamentar, eso sería lo de menos. Lo grave de verdad es que Jiménez Paz debe buena parte de su recobrada salud comercial precisamente a la televisión. ¿Qué podría suceder si los motivos y el carácter de uno de esos arrechuchos llegara a oídos del presidente de Muridol, pongamos por ejemplo? No quiero ni pensarlo. No pararían hasta hacer estremecerse de bochorno los huesos de mi difunto padre.

En Muridol me la tienen jurada desde hace mucho tiempo. Y no son los únicos. El éxito de Jiménez Paz me ha granjeado no pocas enemistades. En este país sólo se perdona el triunfo al chulo o al estafador. Entre nuestros mismos clientes, no faltan quienes habrían de llorar de alegría si les fuera dado acudir a un pleno municipal con la posibilidad de decir: «Este Excelentísimo Ayuntamiento no puede dejar por más tiempo la desratización de sus alcantarillas en manos de un enemigo declarado de los medios de comunicación, a los que tanto debe nuestra democracia». El hecho de encontrarse todas las mañanas en el despacho dos docenas de cartas urgiéndoles a desratizar con renovados ímpetus («para que no pase lo del bebé de la televisión») no les hace ninguna gracia. Si tragan a Jiménez Paz, es porque no les queda otro remedio; es o Jiménez Paz o despedirse de la poltrona consistorial. Pero yo no me chupo el dedo: a la primera oportunidad que se les presente, me dan de lado. El político detesta medularmente el reparto de poder. Esos alcaldes y esos concejales que hoy me pasan la mano por el lomo en lo que piensan es en partírmelo en cuanto se les presente la ocasión. Nuestra agresividad publicitaria los tiene acorralados. En materia de alcantarillas quien manda en este país soy yo. Y eso levanta ronchas. Si se llega a correr la noticia de mi telefobia, a tiras me iban a arrancar la piel.

Por fortuna, mi secretaria, una joven cuyas facultades parecen no tener límite, no regatea esfuerzos ni astucia para evitar que semejante debilidad llegue a hacerse pública. En un lugar destacado de mi despacho, ¿qué dirá usted que ha hecho instalar? Ni más ni menos que un monumental televisor. Y en cuanto alguien solicita verme, lo primero que le hace saber, le interese o no, es que la entrevista no podrá celebrarse de tres a tres y media, pues «el señor Paz reserva religiosamente esa hora para oír el telediario». A mí, con franqueza, tales artimañas se me antojan prostituirse un poco. O hasta un mucho, si me aprieta. No olvide usted que yo soy un hombre educado en los ideales del honor. Pero, como dice mi secretaria, y tengo que admitir que dice muy bien, es mucho lo que me juego, y lo esencial es estar preparado para la acometida de nuestros enemigos.

En el mundo moderno todo acaba por descubrirse. Como yo sé lo que escribe el subdirector de Muridol en el retrete, ellos acabarán por saber qué le digo yo a mi madre en esos momentos de arrebato colérico, por más difícil que parezca averiguarlo. Ha pasado ya el tiempo en el que cabía aspirar a guardar un secreto por el poco imaginativo expediente de encerrarlo en un armario y tragarse la llave. Hoy no protege con eficacia nuestra intimidad más que el fomento de un estado de opinión en el que, por saturación de indicios contradictorios, sólo pueda prosperar la hierba de la duda. Las defensas pasivas están superadas por el dinamismo de los tiempos; hay que saber tomar la iniciativa. ¿Que Muridol puede llegar a insinuar el disparate de que nuestros raticidas son cancerígenos?: nosotros dejamos correr mucho antes el runrún de que los suyos producen impotencia. ¿Que Muridol acaso tenga la peregrina idea de dar pábulo a la especie insensata de que experimentamos con los niños cisjordanos?: nosotros aludimos previamente a la posibilidad terrorífica de que ellos lo hagan con los gitanos del Sacromonte. ¿Que está al alcance de Muridol descubrir un día mi fobia por las tertulias televisivas?: mi secretaria se anticipa informando con pelos y señales de mi pasión por los telediarios. Y así, *ad absurdum*. En este vertiginoso mundo de lobos en el que vivimos no existe otra defensa.

A usted le repugnará la idea. Lo comprendo perfectamente. Usted es joven, usted, por mucho que pretenda aparentar lo contrario, está aún lleno de ilusiones. Nada más lógico. Nada más entrañable. El perenne idealismo de la juventud le reconcilia a uno con la vida. Pero hay que tener los pies en la tierra. No nos pasemos de franciscanos. Bien está lo del hermano Sol y la hermana Luna. Pero lo del hermano Lobo, sólo según y cuándo. El mundo es como es, y hay ocasiones en las que no queda más remedio que machacarle la cabeza a algún animalito del Señor. Que no con todos se puede dormir tranquilo. Y no hay nada que reprocharse por ello. Muy malos abogados de nosotros mismos tendríamos que ser para no lograr la exculpación por legítima defensa en casos como éstos.

Jiménez Paz no tiene intención de hacer daño a nadie. No somos unos psicópatas, ni disfrutamos sembrando cizaña. El que resplandezca la verdad y se respeten las reglas de juego entre caballeros a nadie favorece más que a nosotros, una firma sólida y con una coherente política a largo plazo.

Nuestros productos son los mejores y nuestro comportamiento profesional no le teme a ningún razonable escrutinio. Pero, amigo mío, no todo el mundo es así. Hay suelta mucha alimaña, dispuesta a aprovechar la menor debilidad íntima para arruinarle a uno la vida. Ya tendrá ocasión de comprobarlo usted mismo. Y no piense que se lo deseo. No se hace idea del tiempo y el esfuerzo que cuesta controlar los movimientos de esos indeseables. Horas y horas, susceptibles de ser productivamente empleadas en un sinnúmero de otros menesteres mucho más agradables.

Hay momentos en los que hasta un hombre como yo, tan poco propenso al desfallecimiento, no encuentra nada más sensato elegir un huerto y retirarse a leer a Horacio a la sombra del manzano. «¡Para cuatro días que dura la vida!», se acaba diciendo uno. Pero hay que saber sobreponerse, amigo mío. ¡Ay de aquel que ingenuamente pretenda encontrar la salvación en la fuga! No se puede marchar contra la corriente de la historia. Nuestro karma es ponerle zancadillas y más zancadillas al presidente de Muridol. Lo demás son ridículas utopías. De ser lo que se es y vivir el mundo que nos ha tocado vivir no se escapa nadie. El karma es el karma y por donde quiera llevarnos nos iremos todos a la tumba. Todos: gatos, perros, hombres de empresa, desempleados, vagabundos... Todos.

Pero también... ¡qué ocurrencia la mía, hablarle de estas cosas! Usted es joven, usted tiene aún la vida por delante. Discúlpeme, se lo suplico. El molesto legado de mi tío Severo, no lo achaque a otra cosa. Yo, de por mí, no soy nada aficionado a las reflexiones lúgubres. Si un viaje en tren no es un digesto de filosofía, como de modo tan juicioso conviniéramos, mucho menos justificado parece convertirlo en un velatorio. Al tren sube uno a pasar un rato agradable, que ya hay ocasión de avinagrarse en tierra.

Flaco favor me hace usted con su versallesca educación. «¡Alto ahí —tendría que haberme dicho al primer signo de coqueteo con lo funerario—; alto ahí, que a mí todavía me queda mucho por delante!» Tenga usted por seguro que yo no me hubiera sentido ofendido por su llamada al orden. Todo lo contrario, la habría agradecido muy sinceramente. Llegados a una determinada edad, nunca sobra el que se nos recuerde que el mundo, aunque nos cueste admitirlo, no se acaba con nosotros. Mientras unos andamos ya el camino de vuelta, otros, como usted, encaran aún la vida llenos de entusiasmo. ¡Adelante, amigo mío, adelante! No se avergüence usted de la inocencia. ¿Quién ha dicho siquiera que el último juicio que nos merecen las cosas, por la sola razón de su posterioridad cronológica, sea el más lúcido?

No se deje avasallar. Disfrute usted sin rubores de esta magnífica tarde. Tenga o no razón en ello, de eso es difícil que llegue a arrepentirse nunca. Ahora ya no hay disculpa que valga; le doy a usted mi más solemne palabra de honor: no le molesto más. Sin complejos, amigo mío, sin complejos; usted mire, mire los rebaños.

III

No SE PUEDE IMAGINAR cuánto lo siento. De verdad. Decirle que horrores, es poco. Me había hecho el firme propósito de no volver a interrumpirle así se me anunciase el infarto. Pero ¿querrá creer que, de pronto, me ha dado la impresión de que abandonaba usted sigilosamente el compartimento? No, no es necesario que lo desmienta. De ningún modo se lo estoy sugiriendo. De sobra sé que un caballero como usted jamás incurriría en tan ordinario proceder. Si le participo mi ridícula aprensión, es en prueba de la enorme confianza que deposito en su persona, y no de lo contrario. Ni por un momento, se lo aseguro, ni por un momento, se me ha ocurrido que pudiera usted haber aprovechado el estruendo del mercancías que acaba de pasar para desaparecer de modo subrepticio. Antes bien, ha sido percibir esa ligera corriente de aire que ha venido de la puerta, y decirme de inmediato: «Tonterías, Arcadio; el joven tan educado que te acompaña nunca hubiera salido sin prevenirte».

De no tratarse de usted, claro está, la cosa habría sido muy distinta. En los tiempos que corren, viaja uno con tanto mal criado... Usted no se hace siquiera una idea. Si yo le contara... No es la primera vez que, tras un prolongado silencio, he alargado discretamente el pie en busca del reconfortante tacto del zapato de mi interlocutor y me he quedado pataleando en el vacío como un idiota. Qué va a ser la primera vez... Las decepciones que yo me he llevado no las conoce nadie.

Por usted, sin embargo, me atrevería a poner la mano en el fuego. ¿Cómo iba usted a abandonarme de modo tan villano y alevoso? ¿Cómo? Usted no es uno de esos jóvenes hueros e insensibles a todo lo que no sea admirarse como beocios de la aceleración del Porsche o del Ferrari. Al margen superficiales disonancias: usted y yo somos almas gemelas. Pruebas más que suficientes me ha dado de ello. Lo que hace iguales a los hombres no es su comunidad biográfica o su modo similar de exteriorizar emociones, ilusiones o ideas. Lo que asemeja a los humanos es su comunidad sensible, la identidad con que interiorizan anécdotas, sensaciones y conocimientos que bien pueden ser diversos y hasta contrapuestos. Su reserva y mi locuacidad no nos oponen; nuestras muy diferentes circunstancias vitales, hábitos, intereses y otras bagatelas por el estilo no nos diferencian. Nosotros somos iguales por dentro, el único modo esencial que tienen de ser iguales o diferentes los hombres.

Por mí, pues, zanjada la cuestión. ¡Cuántos orígenes no puede haber tenido esa dichosa corriente de aire! El mero cruce con el mercancías; un cambio de presión al entrar en un túnel; el revisor, que ha abierto la puerta para comprobar si ocupaba el compartimento algún nuevo viajero... Qué sé yo... El tacto es un sentido extraordinario, pero padece también de sus limitaciones, según a qué fines. Recordemos, además, las particulares condiciones en que hago este viaje. Hasta lo que a mí me ha parecido una corriente de aire procedente de la puerta pudiera no haber tenido esa naturaleza o, teniéndola, haber tenido otro origen. A mi edad, no se come impunemente en el restaurante de la estación. No, señor. Mucho menos con la Luna en Cáncer, conjunción muy poco favorable para el estómago. Nunca debí concederle una segunda oportunidad a ese antro de envenenadores, nunca. Aún hoy se me revuelve el estómago cada vez que pienso en un consomé con yema que me sirvieron hace tres o cuatro años. Estricnina pura. El Arca de la Alianza, hubiera dado la WURA por la receta.

En fin..., a lo hecho, pecho, como dice mi madre; lo importante es que usted sigue ahí y que yo jamás le he creído capaz de cometer la felonía de escabullirse rastreramente de un ciego. Como jamás sospeché que procediera de su asiento aquella estúpida lección de inglés que me trajera a mal traer hasta hace un rato y que ahora, casualmente, ya no escucho. Usted es, en el más alto sentido de la palabra, un señor; y si ahora mismo estirase yo un poco el pie, no podría tropezar con otra cosa que con su espinilla, de la que no han de separarme ya ni media docena de centímetros. Convencido estoy de ello.

Pero pierda cuidado; no voy a ponerle hecho un asco el pantalón sólo por darme el capricho de constatar empíricamente lo que está más que demostrado de modo deductivo. Si usted es todo un señor, yo no me tengo por menos. Sus espinillas me merecen los mayores respetos. No le dé importancia ninguna a este molesto tic que parece haberse apoderado de mi pierna y me lleva a mover amenazadoramente el pie. Se trata tan sólo de un calambre. Nada que deba inquietarle. Todo es culpa de mi pobre madre. Para ella no existe más zapato digno de tal nombre que esta especie de botas malayas que encarga directamente a la mejor zapatería de Londres. «¡Si pudieses ver lo bien que te sientan!», exclama emocionada cada vez que me hace estrenar un nuevo par. Y yo no tengo corazón para responderle que sentar me sentarán como al duque de Windsor, pero me van a acabar relegando a la silla de ruedas. A mi padre no fue capaz de hacerle calzar tan criminales sandwicheras más que una vez en cuarenta años de matrimonio y, en cierto sentido, ahora es como si reviviese su luna de miel.

En la oficina, eso sí, me desabrocho los zapatos nada más llegar y, de tanto en tanto, incluso me los quito un rato, a poco que la agenda de la jornada me lo permita. De lo contrario no hay forma humana de concentrarse en el trabajo. Ni el propio Calvino lo resistiría. Así se comprende la decadencia económica del Reino Unido. Si estos son los zapatos que calza la City, como dice mi madre, para convencerme de su empresarial prosapia, nada tiene de extraño que baje la libra esterlina. Asombroso es ya que se siga cotizando en los mercados internacionales. Calzado de este modo, no se puede competir de igual a igual con el ejecutivo americano, muy capaz de presidir un consejo de administración en zapatillas deportivas. Menos aún con el magnate japonés, que se pasa tres cuartas partes de la vida descalzo. Un hombre de negocios con los pies frescos y descansados es como un general con la retaguardia bien cubierta. En esas condiciones, que nos echen japoneses. Uno, nunca mejor dicho, sabe que pisa sobre seguro, y no se acoquina ante nada ni nadie. Mientras que si va por ahí con los pies deshechos, al primer contratiempo, el mundo se le viene encima.

A usted quizás le parezca que doy una importancia desproporcionada a los zapatos. «Si los japoneses no paran de vender vídeos o los ingleses están en bancarrota —pensará—, ha de ser por alguna razón de mucha más envergadura.» De nuevo le engaña su juventud. Por más lógico que parezca suponer que los grandes éxitos y los grandes fracasos tienen causas de la misma magnitud, la realidad no es ésa. La vida, amigo mío, está llena de insignificacias que, a la postre, determinan el signo de los acontecimientos. Acuérdese usted de aquello de que por un clavo se perdió una herradura, por una herradura un caballo, por un caballo un caballero, por un caballero un rey y por un rey un reino. El hombre de negocios que lo olvide está olvidando el abecé de las ciencias empresariales. Pocos edificios se vienen abajo de repente, a resultas de una sacudida sísmica o una tempestad súbita y desenfrenada. Por lo general, todo comienza de manera menos apocalíptica; todo comienza por una pequeña grieta, por una baldosa que sobresale, por un ladrillo suelto... Y de eso es de lo que debe ocuparse el hombre de empresa. Los terremotos, a más de escasos, son inapelables, y sería estúpido devanarse los sesos ponderando gravosísimos y dudosos medios de protección. Pero, en materia de pequeñas grietas, no es más que cuestión de fijarse.

Yo me lo repito todos los días: «Arcadio, el ser o no ser de todo este tinglado depende tan sólo de echar una paletada de cemento antes de que la grieta se ensanche». Y no sólo me lo repito; procuro obrar en consecuencia. Yo no soy el tipo de hombre, tan abundante en este desgraciado país, que se sienta sobre la gloria de sus conocimientos teóricos y aspira a vivir de los aromas de su reflexión. A mí los clásicos me trabajan de firme. El matrimonio de los Méndez I no es más que una muestra. Podría darle otras muchas, en los campos y con los alcances más variados. Yo soy de los que no se conceden ni un instante de tregua. Ni uno.

Si en lo tocante a los zapatos que calza mi mano de obra no he tomado aún medidas, pese a ser consciente de la importancia del tema, no se debe a la pereza. No vaya usted a pensarse. En ello estoy. Pero el asunto es mucho más complejo de lo que superficialmente considerado parece. Hay todavía mucho que cavilar sobre el particular. Tan malo es dormirse en los laureles de la teoría como lanzarse al vacío sin la necesaria reflexión previa sobre las consecuencias del salto. Antes de tomar una decisión como ésta, hay que madurarlo con calma. No se trata de trasplantar miméticamente soluciones americanas o niponas. Un país como el nuestro tiene su idiosincrasia, su cultura, sus tradiciones, sus prejuicios y preferencias propios y ancestrales. Y todo ello ha de sopesarse muy bien para no pillarnos los dedos.

En principio, yo me inclino por hacer obligatorio en Jiménez Paz el uso del mocasín, tan confortable y, según dice mi secretaria, tan arraigado ya en los hábitos indumentarios nacionales. De momento, no obstante, prefiero mantener mi elección *in pectore*. Aunque resulte difícil imaginar qué razonable animosidad puede abrigar nadie contra el mocasín, más vale no descubrir las cartas hasta tenerlo todo bien amachambrado. «¿Y por qué el mocasín y no la más fresca, proletaria y carpetovetónica alpargata de esparto?», no dejaría de argumentar algún extremista. Cuando no se ofrecen incentivos contantes y sonantes, no falta nunca quien le encuentre pegas a la propuesta más sensata y equilibrada. El caso es hacerle notar a uno que hay que poner alguna salsa al guiso. Han quedado atrás los tiempos idílicos de los que hablaba mi abuelo Valeriano, cuando, si he de creerle, bastaba decir: «Donde hay patrón no manda marinero», y zanjada la cuestión. Hoy tiene uno que ir con la contrapartida en ristre: si no, todo son remilgos, inconvenientes y objeciones. O se deja bien claro desde el primer momento qué va a ganar cada cual al calzarse el mocasín, o no hay retórica que valga.

Y al qué va a ganar cada cual tengo aún que darle algunos toques. Tras la oferta que hiciera en la campaña para matrimoniar a los Méndez I, queda muy poco margen de maniobra. A nada que me descuide ahora, me encuentro con el fatídico: «Eso, señor Paz, no se lo podemos vender a las bases». Al milímetro hay que medir los pasos. Presentarse ante el consejo de administración sin tener el apoyo del comité de empresa es brindarles la cabeza en bandeja de plata a los primos Claudios y Franciscos. Sobre todo a los Franciscos. El primo Claudio y el resto de la parentela no es que sean mejores bichos, que no lo son, pero, al menos, las matan callando. El primo Francisco, no; a la más mínima oportunidad que se le presenta, aprovecha para poner en duda mi salud mental. «Lo que propones, perdona que te lo diga, es de psiquiatra», me soltaría en cuanto sugiriese la posibilidad de imponer por decreto el uso del mocasín en Jiménez Paz. O cualquier cosa semejante, si no peor.

De niños estudiamos francés juntos, y aún no me ha perdonado que, cada vez que la profesora le corrigiera el acento, yo me riese de él. Era decirle la profesora: «Pegro cómo puedes serg tan bgruto, Paquitó», y saltárseme a mí la risa. Desde entonces no ha parado de echar por tierra todo lo que yo digo en público. Cuánta razón tenía Cleóbulo, el líndico, cuando dijo: «No te rías nunca con los burladores, que te harás odioso a los burlados». Sólo por tan inapelable sentencia bien merecido tiene su puesto entre los Siete Sabios de Grecia. Es abrir yo la boca y saltar mi primo como un poseído: «Arcadio, desvarías», «Arcadio, tú estás mal», «Arcadio, eso son chifladuras». Algo verdaderamente embarazoso. Porque si aún le diera por variar, pues vaya; pero con esa obcecación que tiene con mi equilibrio psíquico va a terminar por hacer pensar a la gente cualquier barbaridad. No todo el mundo es como usted, noble, sensible, abierto, tolerante con las pequeñas rarezas ajenas.

Hace un par de años, traté de hablar con él de hombre a hombre. «Francisco —le dije, sin regatear inflexiones solemnes a mi tono de voz—, esto no puede continuar así. Hazte cargo de lo que va a terminar pensando la gente. Por el bien de Jiménez Paz, por respeto a nuestros ilustres antepasados, por sentido común, Francisco, por sentido común: hay que llegar a un pacto.» Razonable, me parece a mí... Aun así, no hubo manera de convencerle. Las dificultades fonéticas que experimentó con el francés, y que tan desafortunada risa me produjeran en su día, no le impidieron empapuzarse bien empapuzado del mensaje de La Fontaine. Ya pude adornar el discurso con mil perifollos, ya le pude dar a destajo al «que vous êtes joli!» y al «que vous me semblez beau!», que no soltó el queso. Ni la promesa de la vicepresidencia, ni el juramento hipócrita, y por lo más sagrado, de que yo, en realidad, nunca me reí de su acento, sino del de la profesora, sirvieron de nada. «Tú tenías que estar en el manicomio hace un siglo», me escupió por el colmillo a la primera oportunidad que le ofrecí de meter baza. Es una idea fija.

Mi secretaria insiste en que debemos pasar de inmediato al ataque. A su juicio, ha llegado el momento de poner en práctica lo que ella denomina, en clave, «la técnica del televisor». «El tiempo juega ya en contra nuestra, señor Paz —me dice—. O se decide usted a dejar correr por ahí que el loco es su primo, o el día menos pensado se encuentra con que ya es demasiado tarde.» Y yo, repugnancias personales a un lado, tengo que reconocer que no le falta razón. Como no afronte de un modo más combativo el problema, se me va de las manos. Esto de la locura es algo muy delicado. Todo es cuestión de confianza. En cuanto prende la semilla de la sospecha, está uno perdido: el gesto, la palabra, la afición más inocente se pueden malinterpretar. Y vaya uno a precisar luego que dijo esto o lo otro en broma, o que duerme mal por el café, o silba por simple melomanía. Una vez que se ponen en duda nuestros cabales, no hay argumento que nos salga fiador. Cuanto más razonablemente trate uno de demostrar su cordura, mayores serán los resquemores que infunda en su audiencia. Sabido es, al fin y al cabo, que no hay nada más sensato en apariencia que las protestas de sensatez de un verdadero loco.

Para tranquilizarme, yo no ceso de decirme que la realidad no puede ser una novela de Kafka. A nadie se le encierra a no ser que esté realmente loco. La verdad, en última instancia, prevalece siempre. El mundo está esencialmente bien hecho. Pero, así y todo, a veces no consigo reprimir un escalofrío de zozobra. Por la misma regla de tres que manejo para calmarme, ¿no debería aceptar que si a uno se le acusa de algo, ha de ser porque, en el fondo, realmente hay algo? Si creemos que todos los jueces son justos, es difícil no creer que alguna acusación ha de ser verdadera. Y si, a la inversa, consideramos todas las acusaciones calumniosas, tenemos que admitir que ha de haber jueces injustos. O, al menos, torpes, descuidados, negligentes. Se cae en sus manos, y el silbidito ese, al que nunca hemos dado la menor importancia, ni maldita si la tiene, basta y sobra para que acabemos haciéndole compañía al malhadado Méndez.

Como de costumbre, mi secretaria no dice ninguna tontería: hay que hacer algo, y pronto. A poco que se medite, se descubre que terminar en el manicomio no depende, en la mayoría de los casos, más que de un exceso de confianza. Estar o no estar loco es irrelevante. Al manicomio va a parar con harta mayor frecuencia el sandio que el psicópata redomado. Se encierra al incauto e inofensivo papanatas que espía a las niñas al salir del parvulario y no al sádico concienzudo que las hace picadillo en la discreta trastienda de su carnicería. A ése no hay quien lo agarre. Y por eso mismo se agarra al otro, sin que tenga la menor importancia el grado de locura de cada cual. ¿O es que el simple de Méndez está mucho peor que el ochenta por ciento de los miembros de mi comité de empresa? ¡Poco habría que conocer a mi comité de empresa! ¡O a mi consejo de administración, o al ministro de Hacienda, o al papa o, sin picar tan alto, al vecino del cuarto o al camarero del restaurante de la esquina! Locos hay a patadas, y sólo cuatro desgraciados acaban con la camisa de fuerza. Los cuatro que se descuidan, no los cuatro más locos.

Yo procuro no perder los nervios, lo que, dado el caso, no me ayudaría en nada. Pero conviene no subestimar la magnitud del peligro. Mi primo Francisco es atravesado por naturaleza y no me acusa de lo que me acusa sin segundas intenciones. Tanta obcecación tiene que tener un objetivo concreto. Si se tratase tan sólo de dar salida a su resentimiento infantil, un día me llamaría majadero y al siguiente, soplagaitas, rompenecios o zascandil. A nuestra hermosa lengua no le faltan vocablos entre los que elegir para dar variedad al desahogo de un corazón resentido. Cuando tanto reduce la gama de sus improperios es que anda detrás de algo muy específico. De niño, para vengarse de mi mejor acento francés, se colocaba a mi lado en bodas, bautizos y demás ceremonias de cierto boato y, cuando nos iban a sacar la foto, me decía al oído: «Arcadito, rico, tienes la bragueta abierta». ¿Por qué ha abandonado ahora tan refinado método de tortura y adoptado la más burda contumelia? Conociendo como conozco a mi primo Francisco, tendría yo que estar aún peor de lo que él dice para creerme que lo ha hecho llevado por un impulso caritativo.

«Lo que busca su primo, señor Paz, es quedarse con todo», me asegura mi secretaria. Y, aunque me resista a prestarle oídos, en mi fuero interior tengo que admitir que es lo más plausible. «Con lo de la bragueta no llego a nada», se habrá dicho, y habrá comenzado a maquinar su plan. A mi primo ya no le basta con la rumbosa satisfacción de mi bochorno. Ahora quiere sacarle tajada económica a tantos años de entrega. O le paro los pies a tiempo, o me da qué sentir. Un buen día se presenta en el consejo de administración pidiendo que se someta a voto mi capacidad mental. Él tiene impudencia suficiente para eso y para mucho más. Si no se ha decidido aún a dar el golpe de gracia, es porque todavía no está del todo seguro sobre la reacción del resto. En su vanidad, se considera un caso excepcional, un laureado de la infamia, y teme que el común del consejo de administración no comprenda el objetivo final de su alambicada maniobra y lo deje empantanado. Sin embargo, con la banda de hienas que componen el consejo, persuadido estoy de que sus temores son infundados. El primo Francisco infravalora la cantidad de bilis que destilan los doce páncreas que se sientan conmigo todos los primeros jueves de mes en la sala de juntas. Como se le ocurra liarse la manta a la cabeza e ir de una vez a por todas, me quedo solo votando en defensa de mi salud mental. Esas alimañas no son como usted. El principio de la presunción de inocencia es concepto moral y legal demasiado elevado para sus viles mentes. «El que calla otorga —se dirán—. Y si lleva años dejándose llamar chalado, por algo será.» Eso lo sé de sobra. A la primera oportunidad, uno me ata y los otros me venden. Ni es casualidad que sean doce alrededor de la mesa de juntas ni que nos reunamos en jueves.

Pero yo no soy de los que ponen la otra mejilla. Yo me llevo a alguno conmigo al psiquiátrico. Y me duele, no vaya a pensarse que no. Iniciar la «operación televisor» puede abrir la caja de Pandora. Gritando al loco, a lo peor controlo a mi primo pero pongo el mercado israelí en manos de Muridol y compañía. A los israelíes no les gustan nada estas cosas. Ellos quieren su Ratokill sin escándalos ni líos de ninguna clase. A poco que les llegue la onda de que yo digo que mi primo y mi primo dice que yo..., dan carpetazo y se buscan otros suministradores. Los rabinos utilizarán Ratokill para lo que les parezca, pero en lo demás son gente muy puritana. Les basta el más mínimo indicio de desorden del tipo que sea para no querer oír nada más del asunto. A Jiménez Paz llegaron tras romper en cuestión de horas con una firma sueca en la que descubrieron trato adúltero entre el director general y una azafata de congresos. En eso son inflexibles: a ellos, de enredos, nada.

En el caso de Jiménez Paz, además, llovería sobre mojado. No sólo está el triste episodio del malhadado Méndez, un traspié indirecto y hasta cierto punto menor. En nuestra propia familia, por desgracia, existen antecedentes de alguna inestabilidad mental, por decirlo del modo más suave que se me ocurre. Los Jiménez y los Paz han tenido por generaciones un corazón de primera calidad, pero con la cabeza han sufrido lo suyo. Eso es innegable. Por muy buena voluntad que se le eche, un caso como el de mi tío abuelo Basilio, que quiso montar una fábrica de quesos en compensación por el mucho mal que nuestra familia le había hecho a las ratas, no hay más que una forma de calificarlo con precisión. Y no hablemos ya de mi tío Antonino Pío, quien, en el otro extremo, envenenó unos siete mil gatos domésticos (según cálculos de la Sociedad Protectora de Animales), en un afán enfebrecido de «acabar con la competencia». O, ya en el plano más estrictamente privado, el tío Jaime, hermano mayor de mi madre, que pasó los últimos años de su vida convencido de que era un reloj de pared, lo que demostraba a las visitas modulando tres tonos diferentes de campanada, según marcase las horas, las medias o los cuartos.

Con ese árbol genealógico, sólo un irresponsable como mi primo Francisco puede lanzarse alegremente por la senda del desprestigio mental. Aunque tuviese éxito en el objetivo que persigue, la suya sería una victoria pírrica. Al día siguiente, se le habría echado Muridol encima. Cuando se tiene la hipoteca que nosotros tenemos, lo mejor es no levantar la liebre. Si hay que tragarse el orgullo, pues se traga. ¿Acaso no me lo trago yo? ¿Cree el muy imbécil que el orgullo le va a pagar el colegio de los niños o la sauna de la mujer? Como le caliente mucho las orejas a los rabinos con cuentos de locos, a la esquina, de donde nunca debió salir, va a tener que volver la suripanta ésa. Y entonces, ¿qué? Entonces, todo serán ayes y «vuelve, Arcadio, que no sabemos estar sin ti». Pero entonces ya será tarde. Los rabinos te aplican el código levítico y no te vuelven a comprar un raticida hasta el advenimiento del Mesías. Ciento diez años de esfuerzos y endogamias tirados por los suelos.

¡Con lo fácil que sería sentarse como seres civilizados y llegar a un acuerdo! La vicepresidencia de Jiménez Paz no es ninguna fruslería. Más ahora, soplando los vientos de expansión que soplan. El futuro es nuestro. En diez años, nos convertimos en la Coca-Cola del raticida. Pero para eso hay que dejar los sentimientos a un lado y pensar con la cabeza. Las simpatías o antipatías personales se tienen que quedar en casa. Yo no le estoy pidiendo a mi primo que cambie de opinión con respecto a mi estado mental. ¡Que tenga la que más le plazca! Lo que le pido es que recapacite un poco. Airear los trapos sucios de la familia no le beneficia a ninguno de los dos. Aquí no hay más salida que el pacto de sangre y silencio, ya nos dé cien patadas en la boca del estómago. Como si son quinientas. De cara a los rabinos, tiene que parecer que nos comemos a besos. Lo locos que estemos o dejemos de estar ha de ser vínculo de unión en la empresa común del progreso económico, y no fuente de polémicas malsanas y debilitadoras.

La locura, como la corrupción política, ni siquiera existe *per se*. Estar loco exige que se le haya dado publicidad al hecho. La locura llevada con discreción y circunscrita al ámbito secreto de la vida doméstica es una imposibilidad metafísica. Quien denuncia la locura incurre, por tanto, no sólo en la inconmensurable culpa de conmocionar el orden establecido, sino que, en realidad, la inventa. Decir, como mi primo llegó a tener la desfachatez de decirme a mí: «Internarte es un deber ciudadano» no demuestra más que sus ganas de embarullar y su escasa formación filosófica. El único deber que pinta aquí algo es el de mantener la boca cerrada, no vaya a ser que salgan cosas de las que acabemos arrepintiéndonos. Se le objeten los peros que se le quieran objetar, Jiménez Paz nos viene pagando religiosamente los recibos a todos. Eso hay que repetírselo siete millones de veces antes de ponerse picajosos con las rarezas de cada cual o salir con lindezas morales extravagantes.

Porque lo que tampoco tolero es que se pretenda justificar la necedad personal argumentando falazmente que yo no me lo pensé dos veces antes de enviar a Méndez a hacer manualidades. Eso es un infundio, y quienes lo propalan no ignoran que faltan de modo vergonzoso a la verdad. La decisión de internar al malhadado Méndez ni fue del todo mía, ni dejó de quitarme muchas horas de sueño, en unos momentos en los que la presión profesional aconsejaba, más que nunca, no descuidar el reposo nocturno. «¿Está usted seguro de que no hay otra solución?», no me cansé de preguntarle al médico. «¿Creen ustedes que de verdad acabará salpicando la sangre?», les insistí y persistí a los miembros de mi comité de empresa. Uno y otros fueron categóricos y descorazonadores sobre la gravedad del caso.

Para colmo, el propio Méndez no hizo sino empeorar las cosas con su comportamiento. Espoleado por un protagonismo del que nunca se había visto revestido, ni a buen seguro soñó alcanzar jamás, a las citas de Shakespeare añadió enseguida versos del Tenorio y, en el paroxismo de su insospechada erudición literaria, aun parece que llegó a recitar el *Cántico espiritual* completo. Ésa fue la vuelta que pasó la rosca. «Es que ahora —me explicó verdaderamente compungido el Presidente del comité de empresa— le ha dado por hablar de majadas y pastores, y eso ataca los nervios a los compañeros.»

Así las cosas, ¿qué podía hacer yo? De no internarlo, estaba claro que iba a acabar salpicando la sangre: aunque sólo fuese la suya.

Por otra parte, mi caso nada tiene en común con el del malhadado Méndez. Sólo en las nieblas de una mente confundida por el resentimiento, como la de mi primo, se puede establecer alguna comparación. Por supuesto que yo también tengo mis rarezas. ¿Quién no las tiene en el desquiciado mundo actual? ¿Quién, en realidad, no las ha tenido siempre? Pitágoras profesaba una rabiosa aversión a las alubias y prohibió la ingestión de tan alimenticia legumbre a sus discípulos. Empédocles llevó su megalomanía hasta precipitarse en las entrañas del Etna, evitando así la vulgaridad de una muerte por coz de mula o fiebres sudorales. Orígenes se amputó de propia mano el miembro viril, a fin de poner tasa a las recalcitrantes acometidas de la lujuria. Marilyn Monroe tenía proscritos pijamas y camisones, acostándose con el mero abrigo de Chanel número 5. ¿Y qué conclusión cabe legítimamente extraer de todo ello? ¿La de la similitud de alguno de los tres ilustres filósofos con la señora Monroe? Aun conociendo sólo por referencia las cualidades más alabadas de la susodicha dama, creo que nadie me llevará la contraria si califico de absurdo tal corolario.

En su obcecación, y sabiendo cómo es, mi primo podría llegar incluso a insinuar que si Empédocles hubiese tenido la olorosa costumbre de acicalarse con Chanel antes de dormir y la señora Monroe hubiera aborrecido las alubias, la cosa habría cambiado. Me anticipo a la objeción y, como ser intelectualmente honesto que me considero, la doy por recibida, aunque aún no se me haya formulado. Pero, con el debido respeto, me parece una soberana alcornocada. Ni siquiera en ese caso habría base objetiva para llevar la comparación más allá de los estrechos límites previamente acotados por la misma. El que a la señora Monroe no le gustasen las alubias (eventualidad que no hay por qué descartar) o el que al señor Empédocles bien pudiera haberle gustado el perfume francés de haberse conocido en su tiempo (hipótesis asimismo razonable), no prueba más que una coincidencia accidental en cuestiones de afeites y leguminosas. De ningún modo autoriza a atribuir excepcionales cualidades filosóficas o rabioso *sex appeal* a quien no lo tenga demostrado de otra forma. Y mucho menos aún legitima extrapolar el alcance de la coincidencia con la espuria intención de meterle a un servidor en el mismo saco que a Méndez. ¡Apañados estaríamos si éste fuese un modo de razonar admisible!

Entre mis manías y las de Méndez existen diferencias lo bastante pronunciadas como para desacreditar cualquier intento de establecer paralelos. Haber citado a santa Teresa en un consejo de administración, como yo he hecho, quizás no sea nada de lo que enorgullecerse. Mucho menos cuando la cita pertenecía en realidad al marqués de Sade. Pero tampoco es lo mismo que recitar el *Cántico espiritual* a una audiencia de estupefactos contables. Muy pocas luces o muy mala voluntad hay que tener para negar algo tan manifiesto. Mi cita, aunque mal atribuida, venía como anillo al dedo a la defensa de las tesis que en aquel momento proponía yo a mi consejo, mientras que Méndez sólo disparataba. Si mi primo, o quien sea, quiere demostrar de manera inapelable mi presunta locura, tendrá que recurrir a argumentos más convincentes. Hasta el momento al menos, el diagnóstico de la locura se sigue asentando sobre la observación de síntomas ajenos por completo a la extensión y peculiaridades del acervo cultural del supuesto demente. La fosa que separa el trívium del cuadrívium no es aún tan ancha como para que la mera erudición o la simple familiaridad con los místicos se considere motivo suficiente para internar a nadie.

Meterme a mí en el mismo saco que a Méndez requeriría, ni más ni menos, que yo también hablase solo. Entonces, sí; entonces, la cosa cambiaría. Con independencia del tenor de mi discurso, el pronunciarlo sin la complicidad de una audiencia sería a mi relación con Méndez poco más o menos lo que habría sido a la de Marilyn con Empédocles o Pitágoras el que aquélla hubiese descubierto la cuadratura del círculo o se hubiera tirado al Krakatoa al primer signo de envejecimiento prematuro. Si no de identidad, cabría hablar ya de pertenencia a un mismo género. Pero ni el de la cuadratura del círculo es problema que se haya resuelto aún ni yo he hablado nunca solo. Jamás. En los días de mi vida, que ya empiezan a ser días.

Ensimismado en las dificultades de algún enrevesado trajín financiero, a veces no he podido reprimir un imperceptible: «Vaya, vaya», o un acaso más sonoro y contundente: «¡Pues sí que estamos frescos!». No lo oculto. Pero de eso a hablar solo va un abismo. Al más tupido de los componentes de mi comité de empresa no le costaría derramar una gota de sudor darse cuenta de ello. Hablar solo, lo que se entiende por hablar solo, es algo muy distinto. Un «vaya, vaya», un suspiro, una interjección esporádica no se le pueden imputar a nadie. El más cabal deja escapar una blasfemia irreproducible si le pisan un pie, le dan con la punta de un paraguas en el occipucio o le vierten un plato de consomé hirviendo en la entrepierna. La proporción o desproporción entre el daño recibido y la vulgaridad de la interjección proferida por el afectado orientará sobre la educación de éste o la temperatura del consomé de marras, pero sobre nada más.

Cierto: en mi caso no se reduce todo a un insignificante «vaya, vaya». En mi caso es forzoso reconocer, además, la existencia de esas tardes aciagas en las que bien he podido pasar horas hablándole de la invención del dicumarol al tapizado del asiento de enfrente. Pero ¿pondría eso en cuestión mi equilibrio mental? Por el bien de la humanidad, quiero creer que no. ¿A qué simas de degradación no hubiésemos llegado de lo contrario? ¿En qué mundo espernible viviríamos si se considerase como un signo de demencia el no presuponer que nuestros compañeros de viaje van a abandonarnos sin despedirse? Triste es que exista y se reconozca el derecho a vivir al malcriado capaz de cometer tamaña felonía, pero que se ultraje a sus víctimas, eso ya no tiene nombre. ¿Qué se supone que debería hacer un ciego en su sano juicio en esas contingencias? ¿Orinarle la pernera del pantalón a sus compañeros de compartimento para tenerlos olfativamente controlados? ¿Apoyar con ladino disimulo el pie sobre la puerta, imposibilitando la huida clandestina de nadie?

No; a quien le plazca salir, que salga, franca ha de encontrar la ruta. Yo no mendigo la compañía de nadie. Yo tengo mi amor propio, mi orgullo, mi dignidad, llámese como se quiera. Yo no me rebajo a según qué mezquindades. Si eso da luego pie a que se le tilde a uno de orate, qué le vamos a hacer; algún precio hay que pagar por la satisfacción de poder decirse todas las mañanas: «Arcadio, aún hay clases; tú no eres el perro del vecino del quinto». Que se ponga en duda nuestra salud mental no es para dar pataletas de júbilo, pero, cuando se conserva un mínimo de autorrespeto, hay cosas mucho peores. De eso se aprovecha tanto insecto, tanto gusano, tanto hijo de mala pécora como anda suelto por ahí. Así se hacen fortunas, carreras, nombres. ¡Asco de mundo!

Y no lo digo por usted. Palabra de honor. Olvídese de esa dichosa corriente de aire. Yo olvidada la tengo desde hace mucho. Atando cabos, estoy por jugarme un brazo a que todo es culpa del revisor. Ni el mercancías, ni el túnel, ni la comida del restaurante de la estación, ni usted, por supuesto, tienen nada que ver con la intempestiva ráfaga que, por un brevísimo instante, me ha sumido en el desconcierto. El revisor, como corresponde a la zafia condición de los de su especie, ha abierto y cerrado la puerta sin decir palabra. Una grosería, qué duda cabe; un «perdonen ustedes», al abrir, o un «buen viaje, señores», al marcharse, no cuesta nada y nunca está de más. Pero muy pocos viajes tiene que haber hecho uno en tren para esperar tales cotas de civilidad de los funcionarios de nuestro servicio de ferrocarriles. Hasta el más elemental «buenos días» hay que arrancárselo a golpe de suculenta propina.

Lo dicho, no se hable más. Por mí, asunto concluido. Usted (nunca lo he dudado, pero ahora lo dudo aún menos) tampoco desciende a según qué bajezas. Usted sigue ahí, porque si yo no soy ningún perdiguero meón, usted no es ninguna culebra escurridiza. Y si no habla, sus motivos le sobran. Al fin y al cabo, ¿cuánto hace que nos conocemos? «La confesión —se dice acaso usted— también es una máscara», y, sin desconfiar de mí, prefiere cautamente no descubrir sus cartas.

¿Le voy a afear yo la conducta? ¿Yo, que corro el riesgo de ser recluido por un exceso de locuacidad? Ni soñarlo. Yo, a su edad, era su vivo retrato. Con gancho había que sacarme a mí las palabras hace treinta años. No le exagero. El «nada es; si algo fuera, no podría ser comunicado mediante el lenguaje; y si fuera comunicado, nadie lo comprendería» lo vivía yo entonces como un lema legionario. Lo que sucede es que con el tiempo uno va claudicando en todos los terrenos. Para bien y para mal.

Cuando se suman ya determinados años, lo mismo que el estómago se resiste a digerir como es debido, la voluntad se muestra incapaz de dominar la lengua. De nada sirve comprender que nuestra vida no le interesa a nadie, que nada tiene de particular, que aburre por lo anodina y ni siquiera asombra por lo despreciable. «¿Y si todo fuese consecuencia de una hipertrofia de la modestia o de un exceso de sentido crítico?», nos decimos. «¿Y si considerados desde fuera y objetivamente no resultásemos tan poca cosa como nos creemos?» «¿Y si a este joven tan educado que me acompaña le interesase de verdad cómo aprendí a bailar el *rock and roll*?» Así, hasta que, tarde o temprano, acabamos cediendo. Porque toda inteligencia capaz de intuir la verdad es también capaz de elaborar la coartada que más favorablemente mitigue sus consecuencias.

Contra los años nada se puede. La vida es como los negocios; en cuanto se deja de subir, se comienza fatalmente a bajar. Eso que llaman la plenitud de la madurez es una broma macabra. Entre la madurez y la podredumbre, no hay más que un hilo de pequeñas miserias y humillantes renuncias que no conoce solución de continuidad. Empecinarse en buscarle matices a la decadencia es comprensible pero absurdo. La decadencia es siempre absoluta, porque no depende de la distancia que nos separe del desastre final, sino de que marchemos ya, o no marchemos todavía, hacia él. Y yo marcho en esa dirección desde hace ya mucho tiempo. Para qué engañarnos. De qué le hubiera ofrecido yo a mi primo la vicepresidencia en otros tiempos. Moho le habría crecido esperando. Pero ahora las cosas son distintas. Ahora cuando toma la palabra en el consejo de administración, un calambre helado me recorre la columna y no consigo apartar de la mente la idea de que todo es simplemente cuestión de tiempo, de que si no es hoy será mañana, pero al final acabará sentado en mi silla.

«¡Qué tonterías! ¡Usted es aún joven! —se rebela mi secretaria cuando no consigo contenerme y la hago partícipe de mi abatimiento—. ¡A usted todavía le quedan muchas cosas por hacer en este mundo!» Así es ella, puro entusiasmo y deseos de ayudar. Y yo se lo agradezco; pero ni toda la buena voluntad del orbe puesta junta sería suficiente para cegarme hasta ese punto. Yo ya he hecho demasiadas veces este viaje. Yo ya empiezo a andar el camino de vuelta de las cosas. No sólo es cuestión de tosca cronología. Pensar envejece. Un frívolo como mi primo puede tener un año más que yo y, sin embargo, él sí, contar aún con toda la vida por delante. Es al recapitular, y darse cuenta de la abrumadora cantidad de ratas muertas que ya ha dejado uno atrás, cuando cada cual se carga los años que le corresponden a la espalda. El saco de la vida no se puede llenar tanto, porque luego no hay forma de arrastrarlo.

Yo he rebasado ya con creces mi cupo de gloria. Nuestro tiempo propicia todo tipo de hazañas menores y es extraordinariamente generoso al retribuirlas, pero no soporta la demora en escena de nadie. El héroe envejece hoy en día mucho más que en la época de los romanos, aunque el común de la población no lo haga. Que luego, como todos, tampoco el héroe pueda sustraerse a los avances de la medicina y viva también noventa años, sólo contribuye a multiplicar las ruinas humanas e intensificar los desconciertos personales. Se equivoca quien piensa otra cosa. El tiempo no ha perdonado nunca, y no va a cambiar ahora sus empedernidos hábitos, precisamente cuando más de prisa pasa. No nos hagamos ilusiones. Ninguna tabla de gimnasia retrasa un minuto la vejez. El tiempo se ríe de esos subterfugios. Los años lo arrugan a uno mucho más por dentro que por fuera. Y ésas son las arrugas que deben tenerse presentes: las que le hicieron abominar a mi padre de la publicidad televisiva y me impulsan a mí a despreciar todo sentido común y hablar y hablar, cuando no ignoro que hace mucho que se impone el silencio.

A un hombre no lo hace definitiva e irremediablemente viejo su incapacidad de digerir el estofado de la estación, sino el descubrir en un momento dado que el mundo en el que vive ya no es el suyo, que ha cambiado hasta el punto de hacérsele irreconocible. Mi padre se hizo viejo en el instante en que para vender matarratas resultó imprescindible anunciarse en televisión. Cómo digería su estómago en aquel momento es lo de menos. Posiblemente, mucho mejor que el de su padre a la misma edad. Sin embargo, mi padre envejeció antes, porque su mundo había cambiado de golpe. Mi abuelo nació y murió protegido por la salutífera barrera de una mesa de despacho a la que no llegaron jamás demandas de renovación. Mi padre ya no pudo vivir en tal impunidad, y eso desgasta. La capacidad humana de adaptarse a lo nuevo es mucho menor que la de soportar reumas y males de vesícula. El que no se muera ya de ciertas cosas, lejos de rejuvenecer a nadie, como algunos simples piensan, contribuye tan sólo a hacernos convivir durante mucho más de lo humanamente tolerable con la penosa sensación de estar de más en este mundo.

Yo no tengo la menor duda de que mi padre hizo muy pronto, en alguna noche de insomnio, los mismos números que yo hice después y recorrió el mismo camino mental que yo recorrí, hasta dar con el mismo niño, la misma rata, la misma casa que se quema y la misma voz en *off*. Mi padre era un hombre inteligente. Pero hay ocasiones en que la defensa de presupuestos manifiestamente contrarios a la razón constituye la más elevada expresión de la lógica. Porque lo que se defiende en esos casos no es la razón, sino la propia vida. A solas y en secreto, todos sospechamos que no queda otro remedio que subirse como sea al carro cambiante de los tiempos. Sin embargo, antes o después, todos tenemos que defender encarnizadamente que ese carro no lleva a ninguna parte, por el simple motivo de que, a donde lleva, ya no nos lleva a nosotros. Y eso le sucedió a mi padre, y eso es lo que comienza a sucederme a mí.

Ante mi secretaria, por cuestiones de elemental decoro,

me cuido mucho de ser tan explícito. Incluso en los momentos en que doy la impresión de dejarme llevar sin resistencia alguna por la pleamar de la melancolía, la realidad no es del todo ésa. «Ahora no se comienza a ser viejo hasta los ochenta años», me asegura ella. Y yo, sin darle totalmente la razón, no me recato en insinuar una cierta permeabilidad a sus exagerados argumentos. «¿Para qué deprimirla?», pienso. Pero la verdad es que tengo muy claro que mis días de gloria (si alguna vez los hubo) han quedado ya atrás. Mi madre morirá cualquier día, y los Claudios y los Franciscos no tendrán de qué preocuparse. Esa arremetida terrible, que tantas veces me he prometido dirigirles en cuanto mi madre desaparezca de este mundo, no tendrá nunca lugar. Si algo sucede (y no sigue transcurriendo simplemente el tiempo de todos hasta que no sólo mi madre se haya ido), será a buen seguro lo contrario: los que arremeterán serán ellos.

Hay que estar dispuestos a aceptar lo inevitable. Yo ya he tocado techo. No se puede luchar eternamente contra la desventaja. Lo que la vida me deparaba era sólo esto. Para que hubiera sido algo más tendrían que haber pasado muchas cosas que no podían, en realidad, pasar. Analizadas superficialmente, nuestras vidas parecen apuntar aquí y allá perfiles de episodios capaces de haberlo cambiado todo por completo en un momento dado. No obstante, en un hondo escrutinio, hemos de concluir que, aunque pudo suceder todo lo contrario, lo que al final realmente aconteció es lo que más se ajusta a la imagen que nos corresponde. No hay esperanzas desencantadas, hay vidas decepcionantes, vidas que, por escuálidas, hacen aflorar la ilusión de que pudieron no haber sido así, cuando, en verdad, siempre fueron así y siempre se supo, además, que no podían ser de otro modo.

No se pierden las batallas que pudieron ganarse ni se frustran las empresas susceptibles de haberse coronado con éxito. La pérdida de la juventud no es terrible porque apareje la pérdida de la ilusión, porque imponga la realidad al sueño; es terrible porque nos confirma en temores y nos ratifica en duelos que siempre se supieron y sintieron inevitables. Honestamente a nadie le cabe defender que nada le tome por sorpresa. Entre la hora del sueño y la de su concreción en la realidad, puede aparecer una serie infinita de fantasmas; pero, al final, se elige indefectiblemente como guía al que camina en dirección de ese futuro ineluctable. Porque ese fantasma, y no otro, es el que pasa más cerca de nosotros, el que más se asemeja en sus gustos a nuestros gustos, el que tiene la voz y dice el discurso que más suena en los tonos de nuestro propio discurso.

Para haber preferido otros guías, haber tomado diferente camino o rodeado el obstáculo por el otro costado, tendríamos que haber sido, ya de antemano, otros. Esa multitud de opciones en la alternativa que en apariencia se nos presenta en cada encrucijada es sólo eso, apariencia. Entre las muchas oportunidades que se le ofrecen a cada cual, cada uno tiene marcada la suya. Y él lo sabe y todos lo sabemos. Porque si no en la alternativa misma, en nosotros sí está marcada la elección, puesto que en nosotros está marcado el gusto. En puridad, la libertad de elegir sólo se compagina con la incontaminación absoluta del elector. Y un elector así, por definición, no es tal, pues, evidentemente, no elige. Cualquier otra interpretación es pura fantasía, puro escapismo, puro dislate. Uno es lo que es y hay que aceptarlo así, sabiendo que vivir nuestro propio destino tampoco sosiega o, mucho menos, colma.

A los veinte años la rabia ofusca y no nos paramos demasiado a considerar si nuestros esfuerzos guardan alguna proporción razonable con los resultados que de ellos nos cabe esperar. Pero un día u otro no queda más remedio que reconocer nuestros límites. A la larga, uno nunca engaña a nadie, y menos que a nadie a uno mismo. Antes o después, hay que tener el valor de concluir que tuvimos mala suerte y que contra eso no hay quien pueda. Hay que resignarse. Hay que ser ecuánimes. Porque tampoco somos los únicos. ¿No tuvieron también mala suerte los Claudios y los Franciscos? ¿Qué es, en definitiva, la suerte? ¿No lo es también, no lo es más que nada, la capacidad de levantarse todos los días a las siete mientras nuestros rivales aún duermen la mona?

Es difícil ser justo cuando el ejercicio de la equidad amenaza con exculpar a nuestros enemigos o pone en entredicho la legitimidad de nuestros privilegios. Pero con los años, tan imposible como rechazar los embates de la realidad, resulta volver del todo la espalda a la justicia. A los veinte años, cabe el juicio fulminante; a los cincuenta, ya no. A los cincuenta es demasiado notorio que ni el bien ni el mal se encuentran en la naturaleza en su estado puro. Que tengamos después la honestidad de reconocerlo así públicamente, ya es otra cosa. Pero esa convicción personal de que nada es verdad ni mentira nos va socavando por dentro. Cuesta mucho pisar a la cigarra si no se está por completo convencido de que no hay más verdad que la de la hormiga. La beligerancia sólo es sostenible cuando se es sinceramente capaz de la más grosera negación de los matices. En cuanto se duda, no sólo flaquean las fuerzas: flaquean las ganas y los motivos se deslíen en un mar de escrúpulos.

Mis primos también tienen derecho a un lugar bajo el sol. El haberse pasado las tardes apoltronados en un sofá riendo majaderías, celebrando los cumpleaños de los niños o engañando a la mujer no es razón suficiente para negárselo. Lo sería acaso, y sólo acaso, si yo hubiese sacrificado esos placeres respondiendo a lo que los imbéciles llaman «la voz del deber». Pero si yo me he levantado todos los días a las siete, no ha sido a impulsos de sentido del deber alguno ni pasión por el trabajo de ninguna clase. Ha sido, simplemente, porque no he tenido otro remedio. De habérseme presentado la oportunidad de obrar como ellos, quién sabe cómo hubiera actuado.

La laboriosidad, el sentido común, la cultura, la prudencia, las buenas maneras raramente son más que sucedáneos, evasivas, modestos premios de consolación a la inopia de una naturaleza que se empeña en negarnos todo lo que de verdad codiciamos. Para hacerlos pasar por otra cosa se precisa ser o infinitamente ingenuo o infinitamente hipócrita. No es lo mismo la necesidad que el mérito, ni se da con la misma frecuencia. Al final, todos nos defendemos en la vida lo mejor que podemos. La única diferencia entre unos y otros es que no todos podemos lo mismo. Si mi primo hubiera sido capaz de pronunciar las vocales nasales sin tener que renunciar para ello al cine del sábado, lo hubiera hecho; como yo habría renunciado dichoso a pronunciarlas de haber tenido a mi alcance disfrutar con lo que él disfrutaba.

«Quien ama como tú a La Fontaine —me decía bobamente entusiasmada la profesora de francés cada vez que lograba memorizar una nueva fábula— ama el ogrden, el tgrabajo, la inteliguencia; todo lo que ha hecho de nuestgra civilización la pgrimerga del mundo.» Y yo, hinchado como la rana que se quiso parecer al buey, me pasaba las tardes repitiendo el cuento de la lechera o el de Demócrito y los abderitas. Pero ni siquiera entonces llegué a creerme, como aparentaba, que a simple golpe de repetición se entrase en el círculo sublime de los virtuosos. Con la inocencia de los pocos años, quizás no dejase de imaginar que el orden, el trabajo y la inteligencia, si no a hacerme moralmente mejor, estaban llamados al menos a garantizarme una inexpugnable posición de preeminencia en la vida, como se lo habían asegurado a nuestra civilización. Pero lo que nunca creí fue que pasar las tardes derritiéndose los sesos en la memorización de un bestiario infernal e infinito fuese más que la consecuencia de mis limitaciones.

De habérseme dado a elegir, yo habría elegido sin vacilación lo mismo que mis primos. Sin importarme lo que fuera. Ir al cine, jugar al fútbol, montar en bicicleta. Hubiera dado igual. Yo no envidiaba la posibilidad de entregarme a esas actividades porque las considerase más virtuosas que la lectura de La Fontaine o las creyera más placenteras. Mi envidia se alimentaba en el convencimiento de que esas actividades traían aparejada a flor de piel toda una pléyade de míticos tesoros periféricos que yo sólo era capaz de sacar a la superficie tras laboriosísimas sesiones de alquimia y arqueología fonética. Parar un penalty o saltar a la pata coja suponía el respeto ajeno, la seguridad física, la magia semántica de convertir al instante en norma cotidiana lo que para mí era esfuerzo titánico. Parando un penalty yo no me hubiera hecho mejor por dentro, como exigía mi tío Severo, ni hubiera sido quizás íntimamente más dichoso, como debía desear yo; pero a los ojos del resto todo hubiese sido muy diferente. Y eso era lo único que me importaba a mí. Porque eso, en el fondo, es lo único que importa a todos.

En la seguridad de que nadie nos mira, de que nadie nos oye, de que nadie se interesa ni lo más mínimo por nosotros, ¿quién sería el imbécil de ir mucho más allá de rascarse el cuero cabelludo cuando le picase o dormir a pierna suelta todo el día debajo de un árbol? Sin testigos, todos nos conformamos con muy poco. Por eso no es bueno, ni para la religión ni para los negocios, que el hombre esté solo. Si se obra, es únicamente a impulsos del ojo ajeno que escrutina. Y se obra no tanto porque ese ojo nos conmine a la virtud, como por cuanto despierta en nosotros el temor de que, de no obrar, pocas esperanzas de supervivencia nos restan en ese maremágnum de gestos babélicos, pugnas desenfrenadas y hambres insaciables de triunfo que la mutua inquisición desencadena. Eso es lo que nos hace orientarnos en un sentido u otro. Sin testigos, tan feliz o tan desgraciado se puede ser en la familiaridad zoológica de La Fontaine como persiguiendo, no menos zoológicamente, un balón de cuero a lo largo y ancho de un arbitrario rectángulo agonal.

Hablar de amor en este contexto, sea a La Fontaine, sea, por derivación, al orden, al trabajo o a la inteligencia, sea a lo que sea, puede caberle en la cabeza a una ingenua profesora de francés, pero a nadie más. Y menos que a nadie a mí. Cuando al cruzar la calle depende uno por completo de la buena voluntad de quien le lleva del brazo para no acabar en una alcantarilla, se sabe muy bien cuán escaso es el papel que está llamado a desempeñar el amor en nuestras vidas. Para amar hay que estar por lo menos seguro de que también uno podría tirar a la alcantarilla a su guía. Sin esa capacidad de reacción y represalia, hablar de amor es hablar de espíritus celestiales. A falta de otra opción que agarrarse al primer brazo que se nos ofrezca, sólo cabe referirse a la necesidad y a la miseria. Lo mismo que nos agarramos a un brazo, nos agarraríamos a un clavo ardiendo.

A veces uno tiene momentos de extrema cobardía y se niega a reconocer las cosas como son. Pero si el heroísmo no transforma la realidad, mucho menos la modifica el miedo. El amor es patrimonio de los fuertes. Los débiles cargamos nuestros afectos con demasiadas intenciones ocultas como para experimentar sentimientos tan netos como el amor o, en el extremo opuesto, el odio. Lo que queremos hacer pasar por amor no suele ser más que profunda dependencia y, del mismo modo, nuestros pretendidos odios se trocarían sin esfuerzo en sentimientos de gratitud a poco condescendiente que se mostrara con nosotros el sujeto o el objeto teóricamente abominado. Los débiles no sentimos pasiones, defendemos intereses.

Yo no me llamo a engaños. Si Francisco apareciera mañana en mi despacho y me propusiese a las claras: «Arcadio, la paz entre nosotros pasa por el despido fulminante de tu secretaria», yo sé muy bien que no le pondría en el pasillo a gritos. En mis noches de insomnio, he imaginado muchas veces esa escena, y a todo lo más que llego es a no encontrar fácilmente las palabras con que sellar el trato. «Tú ganas», le respondo de modo escueto en ocasiones, sobrevalorando cuanto puedo la magnitud de mi concesión con un tono de profundo abatimiento. Otras noches, por el contrario, adopto aires de ridícula solemnidad y digo: «Si ése es el precio que hay que pagar para garantizar un futuro al esfuerzo de nuestros antepasados...». Pero jamás me he sorprendido meditando siquiera la posibilidad de levantarme de mi silla y gritar: «¡Tú lo que eres es un hijo de puta!».

A mi secretaria sólo la mantienen ya en su puesto las pocas horas que le dedican mis enemigos a los negocios. Cualquier tendero de barrio se habría percatado hace tiempo de que todo es cuestión de hacer una oferta. Mi presunta pasión por ella se reduce a no saber aún si me alegra o lamento el que sean tan romos. Pero lo que yo no puedo hacer es entregar su cabeza sin que ni siquiera me la pidan. Eso sería cavar mi propia tumba. Por muy poca que sea la perspicacia de mis primos, a ninguno le dejaría de resultar evidente el significado de un gesto semejante. «Arcadio se rinde», no tardaría en concluir hasta el más lerdo. Y ésa es la impresión que yo no puedo permitirme el lujo de dar. Que se diga de mí lo que sea, pero no eso. De que me rindo sólo he de estar seguro yo; a mis primos debe quedarles, al menos, la duda. Cuando se quiere la paz, no hay nada más contraproducente que declararse de antemano incapaz de hacer daño a una mosca.

Como el cadáver del Cid, mi posición debe de oler ya un poco a podrido. Tampoco eso lo ignoro. Pero de lo que ese olor significa, sólo yo tengo la certeza absoluta. Unos más, otros menos, todos a mi alrededor han de barruntar desde hace tiempo que algo falla. «Arcadio no hubiera cedido tan fácilmente hace años», se oiría en los pasillos en cuanto se conociese el cese de mi secretaria. Sobrevalorando, como sobrevaloran, mi afecto por ella, incluso el pacto habría de levantar sospechas. Pero sólo serían eso, sospechas. Nadie pasaría de ahí. Hasta al más valiente le dan miedo los tiros. Mientras se mantengan las apariencias, toda trinchera impone respeto considerada desde otra. Mis primos podrán conjeturar, desconfiar, estar casi convencidos de las escasas fuerzas de quien, habiendo sido omnipotente, se rebaja de pronto a poner precio a sus sentimientos. Pero de ahí a lanzarse al asalto, dista mucho; dista la absoluta necesidad de hacerlo o la percepción inequívoca de un signo de abandono. Sin mediar una pérdida bochornosa de los papeles, podrán pasarse años conjeturando. La desconfianza en el poder ajeno no escapa a las reglas generales que rigen el desarrollo de cualquier forma de sospecha y demuestran que, al final, no hay duda que no acabe dudando de sí misma.

Hoy por hoy, a mí aún me es dado aspirar al menos a una retirada honorable. Dentro de unos cuantos años, quizás sea distinto; pero de momento aún me quedan bazas que jugar. Tampoco hay que subestimarse. Tan fuera de lugar está la temeridad como la desesperación. A mi puerta hay aún que llamar si se quiere entrar a verme. Yo aún le puedo dar más de un disgusto a alguno. No hay que desmoralizarse prematuramente. Mis primos no pueden haberse convertido de la noche a la mañana en los gladiadores que nunca fueron. Uno no cambia nunca del todo. Madres y niños se emocionan por igual con los rebaños. En las bravuconadas de Francisco ha de haber mucho de farol. La superchería puede ser perfectamente general, y no sólo estar desguarnecida mi trinchera. De las miserias propias no siempre es sensato extraer otra conclusión que la de la miseria ajena.

Mi tío Severo tenía razón: san Pablo no era idiota. Los niños, las mujeres, las amantes, los automóviles último modelo también debilitan lo suyo. «¿Y quién va a pagar las facturas si todo sale mal?», tienen por fuerza que pensar mis primos cada vez que creen percibir una brecha por donde atacarme. Por mejor que disimulen, su inconsciencia no puede llegar a tanto. Las facturas tienen que aparecérseles en sueños, como a mí se me aparece la idea de que el día que se muera mi madre no sabré qué corbata llevar a su entierro. Y, siendo así, no seré yo el que se deje impresionar por truculentas exhibiciones de fuerza. Las facturas son otra forma de invalidez y, a lo mejor, hasta la más severa. Con las ortodoncias de los niños y los abrigos de las mujeres colgando del cuello, nadie puede volar muy alto.

No sé yo qué escribirá Francisco en los retretes de su casa. Hasta ahí no llegan mis antenas. Pero muy mal observador tendría que ser para no haberme dado cuenta de que también a él le corre la procesión por dentro. Hay días en que se le oyen temblar las rodillas del miedo. A mí es muy fácil decirme: «Tú tendrías que estar internado hace un siglo»; pero a la bruja de su mujer no hay quien le diga: «Lo del coche nuevo tendrá que ser para un poco más adelante, cariño». El coche tiene que ser ya, porque Zuzanita o Perentanita lo tienen ya, y asunto concluido. Y cuando no es el coche, es la alfombra persa o es el mandar a la niña a una universidad americana para ver si, ya que no aprende nada, al menos encuentra un novio ranchero. ¡Menuda arpía! Cada fin de semana que el imbécil de su marido le deja libre, creyendo dársela con cualquier furcia de lujo, ella lo pasa en la máquina registradora: «Millón y medio por Matildita; tres setecientas por la sosa de la modelo que tiene ahora; seiscientas mil por aquella francesa medio tonta...». Y que no se le ocurra rechistar; a las antenas de esa víbora no hay retrete que se les resista. Dormir con eso al lado, ha de ser dormir con el alma en un vilo.

A mí no me extrañaría demasiado que un buen día pasara con él lo mismo que sucedió con el tío Eugenio. Sin compararlos, por supuesto. Ni por asomo. Francisco no le llega al tío Eugenio ni a la altura del tobillo. Pero sus mujeres están a la par. Y a qué conduce eso ya lo sabemos por experiencia. Sometido al tormento de una sanguijuela semejante, hasta el más piernas acaba un día por liarse la manta a la cabeza y romper por donde sea. De momento le da conmigo. Pero quién sabe por dónde le puede dar mañana. Tanto: «Francisco, tu primo te está tomando el pelo», tanto: «Francisco, tú tienes que hacerte valer», acaba por atacar los nervios y, en el momento más inesperado, hace saltar la chispa.

El tío Eugenio tampoco nació picado por el gusanillo de la aventura amazónica. El sabía muy bien cuánto podía ganar sin moverse de casa. Si hizo lo que hizo, fue por lo que fue: porque ni el mayor profeta de la resistencia pasiva podría haber aguantado el martirio que él tenía por mujer. Con una taza de café en la mano, es muy cómodo afear conductas. Pero habría que haber estado en su pellejo para saber lo que realmente era aquello. «Cuñado —le oí confesarle una vez a mi padre—, hay momentos en los que debo pensar en que tenemos tres hijos para no estrangularla.» Que tomara la decisión que tomó, considerando las circunstancias, lejos de dar pie a la censura, lo que prueba es su enorme autocontrol. Otro se hubiera olvidado, no ya de los tres hijos, se hubiera olvidado de todo lo humano y lo divino, y hubiese acabado con aquella pesadilla a la tremenda. Él, no; y hay que reconocerle el mérito.

Aún recuerdo como si fuera hoy el día en que decidió cortar por lo sano. ¡Qué categoría, qué inmensa categoría! Estaba con su mujer tomando el café con nosotros, y en el momento en que ella repetía aquella cantinela tan suya de: «Ay, yo quiero tanto a Eugenio, que el día en que se muera no sé qué voy a hacer», él carraspeó educadamente y dijo a su vez: «Me vais a disculpar, pero creo que me he dejado las llaves del coche puestas. No os mováis, por favor, es cuestión de un minuto». Y eso fue todo. Porque... pasó el minuto; ...pasaron cinco; ...pasaron diez... «Lo que tarda este hombre —acabó por decir su mujer perceptiblemente irritada—. Siempre es igual. Los viajes del cuervo. Qué desconsideración, Señor. Estará hablando con el portero.» Pasaron quince. «A lo peor le han robado el coche», aventuró mi madre. Pasaron veinte. «Algo ha debido sucederle», sentenció por fin mi padre y, más ejecutivo, cogió el teléfono y llamó al portero.

Fue un *shock*. Un verdadero *shock*. Al tío Eugenio no le había pasado nada. El portero estaba seguro de haberle visto sacar las llaves del coche del bolsillo de la americana, tirarlas tranquilamente en una alcantarilla e irse muy ufano calle abajo cantando «se vive solamente una vez». Mi tía se negó a aceptarlo y tuvimos que bajar todos a la calle; pero el portero, picado en su orgullo profesional, se ensañó dando pelos y señales: por supuesto que era mi tío, y no sólo cantaba, además, braceaba acompasadamente, sugiriendo un batir de maracas.

Al cabo de cinco o seis semanas, llegó una carta con matasellos del Paraguay. Sólo contenía una frase: «Haceros la idea de que se me han comido las pirañas». Deseo que no se tuvo en consideración, aunque cuánto más sensato hubiera sido respetarlo escrupulosamente. Las pesquisas para dar con el paradero de mi tío fueron tan gravosas como inconclusivas. De creer a las diversas agencias de investigación que se ocuparon sucesivamente del caso, a mí tío tuvo que tragárselo la selva del Paraguay, si es que alguna vez estuvo en ese país y lo del matasellos no fue un truco para despistar. Cónsules, misioneros, indios guaraníes, reductores de cabezas...; las agencias siguieron todos los cauces de investigación imaginables sin otro resultado que el fracaso más absoluto. «O se lo han comido efectivamente las pirañas —concluía desesperanzada una agencia francesa en manos de la cual se puso en un momento dado mi tía—, o su marido se ha hecho cambiar de sexo en Brasil.»

Ante tal panorama, mi padre consideró llegada la hora de abandonar la búsqueda. «A todos los efectos —informó al consejo de administración—, Eugenio Paz Paz ha de considerarse muerto.» Pero mi tía jamás aceptó la derrota ni descartó la posibilidad de una venganza atroz. «A mí ése me las tiene que acabar pagando», decía en cuanto se apasionaba un poco. Por ahí, dejó correr la especie de que su marido había sido secuestrado y asesinado por esbirros al servicio de mi padre. Pero era sólo una cortina de humo para proteger sus intereses y, sobre todo, su orgullo. Me consta que diez años después de la desaparición del tío Eugenio aún se dejó timar una verdadera fortuna por una agencia americana que aseguraba haberle localizado en los campos petrolíferos de Alaska. «El largo adiós», se hacían llamar los muy sinvergüenzas, y el nombre catequizó por completo a mi tía. Después de eso, todo indica que se hizo más cauta, aunque no por ello dejó de seguir pagando sumas nada despreciables para descubrir que un Eugenio Paz, pastor en Australia, nada tenía que ver con mi tío y que un licenciado E. Paz, perdido en las páginas de la guía telefónica de la ciudad de Puebla, se llamaba en realidad Eustaquio. La idea de que su marido le pudiera haber dado el esquinazo la ponía frenética. «¡Como sea capaz de volver ahora, resucito!», gritó aún, entre estertor y estertor, ya a las puertas de la muerte, mientras, al parecer, echaba sangre y espumarajos por la boca.

A esas alturas, incluso sin necesidad de hacer intervenir a las pirañas, el tío Eugenio debía de ser ya capaz de muy pocas cosas; con la partida de nacimiento en la mano, cuando murió su mujer, él había de tener bien cumplidos los ochenta y tres años. Pero a ninguno de los presentes en las últimas horas de mi tía nos quedó la menor duda de que, aunque siguiese vivo y tuviera medios para conocer la muerte de su esposa, no volvería de ninguna manera. La verdadera profundidad del infierno que debió de ser su vida al lado de semejante banco de saña sólo la conocería realmente él, pero todos los presentes aquella tarde nos acabamos imaginando lo peor. «¡Impotente! ¡Sifilítico! ¡Maricón!», clamaba mi tía. Sólo oírla ponía los pelos de punta. Los que además no pudieron evitar comprobar con qué humores iban mezcladas sus palabras no creo que lleguen a recuperarse nunca del todo. La escena hubo de ser dantesca. Vanesa, la hija menor de Claudio, perdió el conocimiento. Su hermana vomitó en un jarrón. El propio cura que le daba los últimos auxilios no tuvo más remedio que interrumpir la unción de los óleos y salir un momento al jardín a tomar aire.

Francisco, que estaba a mi lado, aguantó mejor sólo en apariencia. Mientras mi tía cuestionaba como un áspid rabioso la virilidad y salud sexual de su marido, hasta se permitió dejar escapar alguna risita. Pero en cuanto su mujer remachó las amenazas de resurrección de la agonizante con un determinado: «Yo, en su lugar, haría exactamente lo mismo», se tuvo que agarrar a mi brazo para no caerse. Luego lo ha negado en rotundo. «Tú deliras, Arcadio», me repite apenas intento rememorar las circunstancias que rodearon el incidente. Según él, ni su mujer dijo jamás lo que yo oí perfectamente ni él se agarró nunca a mi brazo o, si lo hizo, fue a causa de algún tropezón. Mentiras podridas. Pero a mí me da igual. Si de tanto en tanto no me muerdo la lengua a la hora de recordarle su debilidad, no es para que me dé la razón o por mero sadismo. Que niegue todo lo que le parezca; yo no le estoy devolviendo el susto de la bragueta abierta; de lo que se trata es de hacerle saber que ese tirón humillante no me pasó inadvertido ni se ha desvanecido de mi memoria. «Ahora no te hagas el terne —vengo a querer decirle—, que yo sé muy bien cómo, y por qué, se te doblan a ti las rodillas.»

Su mujer le tiene el corazón en un puño. Su arrojo es el arrojo explosivo de las tropas del déspota. ¡Desventurado del que cojan desprevenido cuando suena el chasquido del látigo! «¡Calzonazos, más que calzonazos, como te vuelvas a presentar mañana en casa sin la cabeza de la secretaria de tu primo te vas a enterar!», le trina su mujer por la tarde, y a la mañana siguiente llega al despacho hecho un furor, un vendaval, un capitán de ulanos. Pero todo es cuestión de aguantar entero el primer asalto. El valor que se alimenta a golpe de chicote adelgaza muy pronto. En cuanto empiezan a entrechocarse las espadas y se huele la sangre, no hay esclavo al que no se le haga un nudo en la garganta. Nadie es tan cobarde como para dejarse degollar por miedo. A mí no me engañan sus aspavientos. Más gritaban las tropas de Darío en la batalla de Gránico. Si quiere la cabeza de mi secretaria no la va a conseguir bufándome. La cabeza de mi secretaria hay, por lo menos, que saber bailarla. Se me viene civilizadamente y se me dice: «Mira, Arcadio, por el bien de todos, vamos a ver si nos ponemos de acuerdo y arreglamos el contencioso ese», y no digo yo que no fuéramos a ver; al fin y al cabo, uno es un hombre de negocios. Pero lo que no voy es a dejarme acogotar a gritos. Yo sé muy bien de dónde le viene la fuerza a mi primo y con qué facilidad se le puede ir por el mismo camino.

Mi secretaria no es una sucursal de provincias. Bastante cedo con ponerle precio. Que no se me pida más, porque de ahí no voy a pasar. Vergüenza me debía dar ya haber llegado hasta donde he llegado. Aunque entre nosotros no haya sucedido nada de lo que esas lenguas ponzoñosas insinúan, han pasado otras muchas cosas. Cosas que los Claudios y los Franciscos no podrán comprender jamás. En este mundo no es todo fornicar como micos rijosos en hoteles de cinco estrellas. Entre un hombre y una mujer pueden establecerse relaciones más nobles. Hay vínculos mucho más fuertes que los que se forjan entre las sábanas de una cama de ocasión.

«¡Pero no seas lelo; no te das cuenta de que lo único que busca esa elementa es quedarse con todo! —se sube por las paredes Francisco en cuanto trato de explicarle cuál es la realidad de la situación—. ¡Tú no has visto los andares que tiene!» Y eso no se lo voy a discutir: por supuesto que no los he visto. Pero tampoco me hace la menor falta. Yo conozco a mi secretaria mucho más profundamente. Como conozco a los súcubos de sus mujeres y a las guarras de sus amigas. No se llega a donde he llegado yo sólo porque un tío se nos pierda en las selvas del Paraguay. Tanto era tío mío como suyo, y ellos están donde están y yo estoy donde algún talento especial ha tenido que situarme. La WURA no hace tratos con cretinos. Y tampoco se me venga con que eso es muy diferente. ¿Con qué autoridad se pretende darme lecciones? ¿Tanto han acertado mis primos al elegir sus mujeres? ¿Es que los andares de esas furcias apuntaban cualidades angélicas? ¡Que santa Lucía les conserve la vista!

Lo que sucede es que Susana, mi secretaria, es una mujer que nada tiene en común con las suyas. Y eso es algo que ellos no se pueden meter en la cabeza. Acostumbrados como están a los crótalos de que se rodean, son incapaces de concebir que haya en el mundo seres que se muevan por algún interés más elevado que el de la acumulación de unas cuantas acciones. Pero también hay seres así. Por fortuna para el mundo y crédito del género humano. A estas alturas, a mí ya no me cabe la menor duda. Hasta hace algún tiempo, y aunque me repudriera la idea de compartir algún resquemor con mis primos, también yo tenía mis reservas; nadie se desembaraza de toda una educación a manos de un tío dominico como se muda la camisa. Pero ahora ya no. ¡Si ni las lágrimas puede contener la pobre criatura en cuanto llega a sus oídos alguna de las injurias que esa canalla hace circular por los pasillos! «Yo procuro no hacer caso, señor Paz; pero es que no sabe usted cuánto me duele que alguien pueda siquiera imaginar tantas ruindades», me dice hecha una Magdalena. En más de una ocasión, hasta a sacrificarse voluntariamente se ha ofrecido, con tal de acallar rumores. «Si con eso se conformaran sus primos, yo me iría ahora mismo —me ha repetido muchas veces—. ¿Pero se van a conformar con eso?»

Ella lo duda. ¿Y cómo voy yo a buscarle oscuras motivaciones a su desconfianza, conociendo como conozco a mis primos? Con sus dudas lo único que me destaca, una vez más, es su enorme sentido común. «Sus primos no tienen buenas intenciones, señor Paz —me dice—. Sus primos no esperan más que a verle solo para echársele encima y dejarle en la miseria.» ¿Y no es acaso eso lo que pienso también yo? «¿Cómo puede ser la gente tan vil? —me ha preguntado compungida con frecuencia—. ¿Para qué iba a querer yo una fábrica de raticidas? A mí lo único que de verdad me preocupa es usted.» ¿Y por qué no va a ser cierto? ¿Tan absurdo es pensar que en los años que llevamos uno al lado del otro haya ido tomando cuerpo en ella una genuina preocupación por mi futuro? Yo tampoco soy ningún monstruo. Lo mismo que en mí se ha ido desvaneciendo poco a poco todo recelo hacia ella, ¿no ha podido arraigar en ella un sentimiento de afecto hacia mi persona? Mis cualidades también debo de tener. Aunque sean pocas. Aunque no sea más que una. Pero alguna he de tener. En este mundo nadie está enteramente desprovisto de virtudes. Como la perfección absoluta, la bajeza total es atributo exclusivo de los dioses. A ras de tierra, todos tenemos nuestros más y nuestros menos.

El que yo no haya amado nunca a La Fontaine, por ejemplo, no quita para que en un momento dado llegase a poder recitar setenta y dos fábulas seguidas sin tropezar siquiera en una coma. Es un ejemplo traído por los pelos, lo reconozco. No parece lo más probable que el interés que manifiesta Susana por mí se nutra de mis cualidades nemotécnicas. Claro que no. Pero ahí está el hecho. Comenzaba por el «Maitre Corbeau, sur un arbre perché, tenait dans son bec un fromage» y ya no paraba en una hora cuarenta y siete minutos, sin concederme otro respiro que el pronunciar un poco más pausadamente los títulos de las diferentes obras, a fin de significar su independencia argumental. Y tanto mi profesora de francés como el propio Francisco no dejaron en su momento de admirarse por eso. «¡Qué animalada!», acababa indefectiblemente exclamando mi primo cuando me oía saltar de la mosca a la gacela y de la ostra al elefante como si recitase la alineación que había presentado en el último partido de liga el Racing de Santander. Toda la inquina furiosa que me tenía no era suficiente para que no reconociera: «Otra cosa no tendrás, chico; pero memoria...». ¿No puede, del mismo modo, admirarse ahora Susana de cómo les vendo raticidas a los rabinos?

Susana no es una de esas jóvenes con la cabeza llena de pájaros a las que sólo emociona la voz de un cantante pop o el porte despechugado de un actor de tercera. Susana es una mujer excepcional en todos los sentidos. «No se crea usted, señor Paz —me dijo un día—; a mí no me importaría casarme con un hombre algo mayor que yo. Para mí lo fundamental son otras cosas.» Hablaba en términos generales, por supuesto, y así lo entendí, y lo sigo entendiendo, yo. Pero no deja de poner de manifiesto una especial disposición. «¡Los jóvenes son tan aburridos!», suspiró en otra oportunidad, realmente hastiada, cuando a mí, sin más ánimo que el de mantener viva la conversación, se me ocurrió preguntarle si no nos dejaría en cualquier momento por algún «apuesto Romeo». «Lo que yo busco en la vida —añadió— no me lo puede dar un niñato insulso.»

«Ni un niñato insulso ni un pensionista de Correos, ¡no te amuela!», salta como una fiera Francisco si cometo la imprudencia de recordarle esa conversación. «Lo que la mosquita muerta de las narices busca es tu dinero. Y tu dinero, Arcadio, no es tu dinero; es el dinero de todos los Jiménez y todos los Paz.» Yo procuro contenerme sólo por miedo a acabar diciendo algo de lo que al final pudiera tener que arrepentirme. Pero ¿quién es el imbécil de Francisco para venir pontificándome? ¿Qué sabe él de sentimientos? ¿Qué sabe él de nada? ¿Y quiénes son esos Jiménez y esos Paz a los que, según parece, tengo que dar cuentas del dinero que les araño a los ayuntamientos a golpe de anuncio repugnante? ¿Qué han hecho nunca para merecerse, no ya ese dinero, sino siquiera el pan que comen? ¿Cómo se atreven a arrogarse el derecho a fiscalizar mi existencia?

Evidentemente, siendo una mujer con la cabeza sobre los hombros, cuando Susana piensa en «un hombre mayor», piensa en una cierta seguridad, y no sólo emocional. Pero ésa no ha de ser la principal motivación que la induce a hablarme como me habla o preocuparse por mi futuro como se preocupa. Susana no es de ese tipo. Ella pertenece a un orden de seres superiores, para los que el dinero no es más que un instrumento de cambio. Todo lo necesario que se quiera y, por tanto, todo lo respetable del mundo; pero bajo ningún concepto un dios. Ella no está hecha de la baja estofa de los adoradores de becerros de oro. Si hay veces que puede dar la impresión de querer controlar las actividades de Jiménez Paz hasta un grado superior al que pareciera ser razonable en una persona de su posición, persuadido estoy de que no lo hace al dictado de ninguna siniestra estrategia, como aseguran mis primos. Si obra así, es espoleada por un noble afán de hacer las cosas bien y un generoso anhelo de colaborar en todo lo que pueda.

«Lo que yo quiero es que nadie se aproveche de usted», me dice. Y yo la creo. Lo que insinúan mis primos, por un oído me entra y por el otro me sale. Que no me quede más remedio que estar físicamente presente en algunas de las ocasiones en que tienen el poco tacto de sacar a colación el asunto no significa nada. En esta vida uno tiene que hacer mucho teatro y aguantar muchas impertinencias. Pero muy mal están si piensan que su maledicencia me va a hacer cambiar de opinión. Los ladinos de los Claudios y los rabiosos de los Franciscos podrán acabar venciéndome (y aun eso habrá que demostrarlo), pero lo que desde luego no podrán de ninguna de las maneras será convencerme.

Los pobres idiotas no comprenden de la misa la media. ¿Adónde creen que van a llegar con sus infundios? «Pídenos las pruebas que te hagan falta —me suplican— y te las pondremos encima de la mesa en veinticuatro horas.» ¿Es que piensan acaso que si mañana me dijeran que Susana tiene una cuenta en Suiza, se me iba a caer el mundo encima? Hasta cierto punto, qué más quisiera yo que la tuviera. ¡Ojalá hubiera visitado Basilea con sólo esa intención! Eso simplificaría enormemente las cosas. ¿Qué me puede importar a mí, en el fondo, que me roben el dinero? ¿De qué me sirve? ¿Para qué lo quiero? ¿Para cambiar todos los meses de deportivo? ¿Para enviar a los desastres de mis hijos a prohibitivas universidades americanas? ¡Qué torpes son, dioses de la intriga!

Si mis primos fueran capaces (que no lo son) de poner sobre la mesa las pruebas con las que tanto amenazan, no se imaginan cómo me iban a ayudar a conciliar el sueño esa noche. No digo que me fueran a dar una alegría. Eso tampoco; a todo el mundo le gusta hacerse ilusiones; el que los débiles no amen no quiere decir que no deseen ser amados. Pero esa noche iba a dormir como hace mucho que no duermo, como no he dormido nunca. La idea de ser amado por el dinero qué duda cabe que me entristece, para qué engañarme; pero yerran pensando que me repugna hasta el punto de hacérseme insufrible. Muy estúpido tendría que ser si a mi edad no hubiese asimilado aún que en la vida hay circunstancias en las que no queda más remedio que bajarse del pedestal y olvidarse del orgullo. Nadie se ha muerto por eso. Lo que a mí de verdad me da miedo no es que mis primos estén en lo cierto sobre las intenciones de Susana; lo que temo es que, sin que ellos acierten, yo también me equivoque.

Cuando Susana habla de «un hombre mayor», ¿quién me asegura que no está pensando en «un hombre mayor», sí, pero no tanto como yo? Para ella muy bien puede ser «mayor» un hombre de apenas treinta y cinco años. Ésa es la posibilidad que no consigo descartar por más vueltas que le doy en la cabeza. Ésa es la idea que me quita el sueño. No la de que no busque sino mi dinero. Dinero tengo de sobra. ¿Pero qué sé yo del universo inmenso que queda fuera de las mezquinas estrategias de mercado, de los sucios chanchullos de ayuntamiento o de los precios de las substancias tóxicas? Nada. Mi reino son las alcantarillas y otro anhelo que no sea el de convertirme en la Coca-Cola del matarratas está probablemente fuera de lugar.

Alguna mañana me levanto en un estado de apremiante fervor ejecutivo y, mientras me enjabono frenéticamente bajo el poderoso chorro de la ducha, me digo: «Arcadio, esto no puede continuar así; tienes que tomar alguna deteminación». Analizando fríamente el caso, mis primos tampoco parecen ir tan descaminados. Por más que se admire el buen gobierno municipal, ¿quién va a ir a Basilea sólo por motivos de interés turístico? Por esos motivos se viaja a Roma, a Estambul o a las reservas del Serengueti. A Suiza se va a lo que se va, y lo demás son cuentos. Ni las pistas de esquí, ni los relojes de cuco o los bombones de chocolate tienen atractivo suficiente como para poner día a día al borde del colapso los puestos fronterizos de ningún país del mundo. Menos aún el civismo de sus indígenas o la hacendosidad de sus barrenderos. Habría que acabar de caerse del guindo para dar por válida semejante explicación.

Pero ¿cómo analizar fríamente las cosas, cuando de lo que se trata no es de cerrar o no cerrar una sucursal deficitaria, sino de dar un paso hacia lo desconocido? El recurso a la inteligencia, por más eficazmente que sea utilizado, jamás resolverá problemas de esa índole. La razón sólo soluciona los problemas que plantea la propia razón; los problemas que crean los sentimientos, los problemas que nos presenta la vida, los problemas, en definitiva, que importan sólo los resuelve el hábito. «Haz un esfuerzo, Arcadio, haz un esfuerzo», me voy repitiendo en el asiento trasero del coche que me lleva al despacho. Pero a medida que me alejo de casa y se va desvaneciendo de la memoria el entusiasmo inicial de la mañana, se disipa también la solidez de los propósitos que me hiciera estimulado por el masaje vigorizante del agua a presión. Cuando suena la voz de mi chófer anunciándome el final del viaje, no sólo sospecho ya que cualquier esfuerzo es inútil, sino que he concluido que ni siquiera voy a hacer esfuerzo alguno.

«¿No estaré simplificando demasiado las cosas?», me pregunto inmerso en ese nuevo estado de ánimo. Pensándolo bien, lo único que en realidad está fuera de duda es que nada es tan simple como parece; lo demás son racionalizaciones interesadas, impropias de cualquier amante sincero de la verdad. «A mí es que me chiflan los Alpes», asegura Susana cuando la interrogo (indirectamente, claro) al respecto. ¿Y no puede ser cierto? La enormidad de todo punto exagerada del número de visitantes de la Confederación Helvética no sólo prueba de manera rotunda que aquéllos han de acudir a sus aseados cantones al olor de otras sardinas que las de la belleza paisajística; prueba también, y con pareja rotundidad, que en esa riada humana ha de haber peces de toda condición, entre los que no falte el espécimen raro que acuda a las faldas del Dufourspitze con el único, sano y genuino propósito de extasiarse ante sus 4.634 metros de altura. Cuanto mayor es la mayoría, mayor ha de ser también el número de excepciones que permita la regla que defina su condición de tal. Y eso sí que no tiene vuelta de hoja. Eso es matemática pura. Si en una piscina se bañan mil personas y en otra sólo quinientas, tan seguros podemos estar de que en la primera nada el doble de bañistas que en la segunda como de que en la segunda se orinan sólo la mitad de desaprensivos que en la primera. Dudarlo sería como dudar del teorema de Tales, la ley de la palanca o el principio de los vasos comunicantes.

Aunque a mí me perjudique, este mundo no puede ser la abominable porquería que aparenta. El dinero no ha de ser omnipotente. Alguien ha de haber que, ante un cheque con seis ceros, sea capaz de decir: «Échate a un lado, Alejandro, que no me dejas disfrutar del sol». Todo no pueden ser alcaldes prevaricadores, políticos corruptos, parientes codiciosos y sindicalistas venales. Alguien ha de ser imposible de sobornar. Alguien tiene que carecer de precio. Alguien debe de levantarse por encima del nivel del barro y estremecerse sinceramente ante la prístina e imponente mole de un macizo alpino. El que yo no haya descubierto un ser semejante en más de cincuenta años de existencia, tanto apunta hacia la remota probabilidad de tal hallazgo como lo hace cada día más próximo. La ley de las probabilidades, llevada a su último extremo, si algo anuncia, es el triunfo del caballo jamás victorioso, la verosimilitud de lo inverosímil, la inminencia de lo impensable, el fatal acontecer de lo que nunca fue, por el solo hecho del tiempo infinito que llevan esperando.

Recién levantado tras una rara noche dormida de un tirón, todo parece coser y cantar. Pero en cuanto se medita un poco sobre lo que realmente está en juego, el panorama cambia. La certidumbre es un estado al que sólo se accede por defecto, bien de reflexión, bien de interés personal en la materia sobre la cual investigamos, bien, lo más común, de ambas cosas. «¿Estaba loco Méndez?», me he preguntado alguna vez, y siempre he tenido que acabar contestándome: «¡Y yo qué sé!». Mi ignorancia en este caso particular importa poco, sin embargo. El pobre Méndez no tiene para mí la entidad suficiente como para mantenerme atado al hilo de la reflexión más que de modo esporádico y somero. Que pareciera loco es bastante, y en el manicomio está para probármelo. Pero ahora es muy distinto. Ahora no se trata de la vida de otro (que nunca vale para uno tanto como para dedicarle parte substancial de la nuestra); ahora lo que está en juego es mi propia vida (a la que todo examen, toda consideración, todo el cuidado que le prestemos siempre nos parecerá poco).

A Susana, aunque procure controlarse, es evidente que mi falta de iniciativa la descorazona. Ya sea ofuscada por el afecto, ya sea confundida por la codicia, toma por impasibilidad lo que, de hecho, no es sino resignación, y cuando no acaba achacando mi actitud a la desconfianza, la cree hija de la soberbia o de la prepotencia. «Lo que sucede es que usted no se fía de mí», me recrimina atribulada en sus momentos de mayor depresión. Otras veces, más dueña de sí misma, se esfuerza en hacerme comprender indirectamente lo fuera de lugar que está el sobreestimar la solidez de mi posición. «¿Se da cuenta usted —me interroga entonces— de lo solo que se va a quedar el día en que muera su madre?» Y así deriva y deriva, tratando de convencerme de una honestidad que a mí, en el fondo, no me importa, o tratando de hacerme reconocer la profundidad de un desamparo que, de modo mucho más cruel, se me pone de manifiesto todas las mañanas en el mero trámite de elegir nueva corbata.

Si pudiera leer en mi corazón, comprendería que yo me fío de ella del modo más absoluto en que un ser humano puede confiar en otro (el que se fragua en la completa indiferencia ante la eventualidad de la traición) y que percibo la inminencia de la soledad en su forma más agria y sin el falso consuelo de la menor esperanza de salvación en la fuga. Pero aun así, o precisamente por eso, ¿qué está en mi mano hacer? Ser consciente de los peligros de la soledad que se anuncia es como ser consciente de que un día ha de declararse la guerra atómica. Por supuesto que es algo que tiene que suceder tarde o temprano, ¿pero qué puede hacerle uno, si no es actuar como si nada pasara o, al menos, como si lo que ha de pasar no fuera con nosotros?

Todo tiene su tiempo. Y el tiempo de todo corre no sólo en la historia, sino también, y todavía más de prisa, en la peripecia individual de cada uno. Del mismo modo que no volverán a librarse las batallas de la *Ilíada*, que lanzas y ondas han quedado relegadas por el ingenio destructor de las generaciones y nuevos medios de matar se imponen con el incontestable argumento de su mayor capacidad letal y más cómodo manejo; así, en la vida de cada uno, hay un momento para cada decisión, pasado el cual, es tan grotesco pretender actuar en consonancia con sus dictados como enfrentarse a un tanque blandiendo gallardamente una azagaya. Muchos son los caminos que conducen al desastre, pero ninguno tan directo y expedito como el del anacronismo. El tiempo ni entiende de nostalgias, ni perdona errores o condesciende con veleidades. Como morir, vivir sólo es posible de acuerdo con la norma del momento, y quien se empeñe en desandar lo andado, en busca de la oportunidad perdida, lo único que va a conseguir es añadir al fracaso el ridículo.

Procuremos conservar un mínimo de decoro. Fuera de nuestro alcance la felicidad, seamos por lo menos dignos. Ponerse ahora a bailar de nuevo el *rock and roll* sólo daría risa. La tarde en que me dije: «Arcadio, ¿adónde vas a ir tú con esta lluvia?», cerré, para bien o para mal, un capítulo de mi vida. «¡Cómo pudo no ocurrírseme echar el pestillo!», me sorprendo aún recriminándome alguna noche cuando rememoro el abrupto término que tuvieron mis escarceos con el baile. Pero así fue como pasaron las cosas, y ya no hay modo de cambiarlas. Ahora lo que se impone es la sensatez; yo soy un hombre público, yo tengo mi prestigio. ¡Habría que oír lo que se diría en el Círculo! El Méndez III, me iba a acabar motejando alguno.

Mi madre, además, no va a morir mañana. A su edad es algo en lo que hay que empezar a ir pensando, cierto; pero nada más. Nuestra familia se ha caracterizado siempre por la extrema longevidad. Mi bisabuela Julia vivió noventa y siete años. Tía Adela está a punto de cumplir los noventa. Y a mamá no le va a suceder lo que a mi padre. A mi padre se le vino el mundo encima y cometió la imprudencia de querer pararlo. Pero mamá no es así. A mamá el mundo no se le ha movido nunca de sitio, y si el mundo se le moviese algún día, seguro estoy de que se quitaría de en medio, y en paz. El tipo de agobios morales que acabó con mi padre no cabe en la concepción de la vida que tiene mamá. «Tu padre se ahogó en un vaso de agua», me repite siempre que sale a relucir el asunto, y en su tono de voz respinga un ápice, si no de desprecio, sí de superioridad.

Con tal disposición de ánimo, uno no se muere fácilmente. El noventa por ciento de las veces, la muerte llega por dimisión. Y dimiten los débiles de espíritu, los apocados, los inseguros, los dubitativos, los cobardes... No los seres como mamá. Da igual lo que opine el médico. «Su madre puede no estar todo lo bien que aparenta», dice, dando a entender que mamá acaso finja una salud que en realidad no tiene, para evitarme motivos de preocupación. Pero qué sabrá ese hechicero. Pruebas a mares me ha dado ya de su incompetencia. Si no fuera porque no quiero dar un disgusto a mamá, hace tiempo que le hubiese enseñado el camino de la puerta. «Ahórrese necedades, doctor —me han dado ganas de decirle más de una vez—; a usted le pago por ser hijo de una amiga de colegio de mi madre, y no porque me importe un bledo su opinión.»

Desde hace algún tiempo mamá experimenta dificultades al respirar. Eso es cierto. De día resulta muy difícil percibirlo, pero en mitad de la noche, cuando el silencio más absoluto reina en la casa, basta detenerse un momento escuchando tras la puerta de su alcoba para constatar que a mamá comienza a pesarle la monótona carga de renovar el oxígeno de sus pulmones. Sin llegar a emitir signos inequívocos de ahogo, da la impresión de que su diafragma se resquebraja mínimamente en cada inspiración y que hasta el exiguo caudal de aire que consigue introducir en la cavidad del pecho se sobra, una vez dentro, para desbaratar el frágil equilibrio establecido en su seno. Y no son imaginaciones mías. Memorizado el peculiar sonido que produce su respiración, me he detenido muchas veces a escuchar tras las puertas de los dormitorios de las criadas. No se trata de un efecto de la noche; no: mamá respira de un modo especial; mamá respira como si en vez de pulmones tuviese dos mazos de pavesas, que, al contacto con el aire, se desintegran lentamente, en un minúsculo fragor de minerales quejidos sofocados por el vuelo de una densa nube de polvo y de ceniza.

Pero eso no quiere decir nada. Hay que estar atento, hay que vigilarla, cuidar que no cometa la imprudencia de resfriarse. Pero nada más. Lógicamente, a mamá comienzan a notársele los años; mamá envejece, como todo el mundo. ¿Quién pretende lo contrario? Tiene ya sus achaques, sus pequeñas rarezas seniles. Pero, en lo esencial, se encuentra perfectamente. Yo vivo a su lado desde hace más de medio siglo y la conozco. Mamá no finge. Cuando dice que debo ir pensando en qué regalarle cuando cumpla los cien años, bromea sólo en parte; si no cree del todo que vaya a alcanzar tan avanzada edad, seguro estoy de que tampoco lo descarta por completo. Mamá no dice las cosas por decir; tiene un carácter franco, una mente directa, es incapaz de vivir en ese mundo de duplicidad permanente en que se empeña en situarla el inepto del médico. Claro que ha de preocuparse por mí; claro que ha de procurar a toda costa evitarme inquietudes innecesarias. Al fin y al cabo, es mi madre: otro proceder sería antinatural. Su preocupación, lejos de ser indicio de ninguna inquietante debilidad, lo que viene es a confirmar el vigor del aliento vital que aún la anima. En la antesala de la muerte, no hay lugar para melindres. Se haya vivido como se haya vivido, morir se muere siempre radicalmente solo, sin un recuerdo, sin un adiós, sin un átomo de interés por los que quedan detrás en este mundo. La ansiedad por los demás es asunto de vivos, asunto de quienes, egoístamente, aún aspiran a que sus desvelos se retribuyan con el equitativo pago de una actitud recíproca. Cuando se llega a la amarga conclusión de que el barco se hunde irremisiblemente, lo primero que se tira por la borda son los compañeros de viaje. La muerte, antes aún que vísceras y órganos, ataca convenciones, destroza principios y cercena fidelidades, sin salvar siquiera del desgarro los lazos del amor o los vínculos de la sangre.

Yo he asistido ya a las suficientes agonías como para haberme habituado al sonido peculiar de los pasos de la muerte. Morir tiene su protocolo, y una vez asimilado, no resulta más difícil predecir la muerte que asistir con la indispensable compostura al subsecuente entierro. La muerte es como la voz de los grandes líricos: inconfundible para un oído educado. Uno se puede equivocar en cuestión de matices, uno puede confundir una gripe con un enfriamiento o un cólico con una indigestión; pero uno no se equivoca ante la muerte. Menos, la de su madre. Eso se oye llegar, eso se anuncia a voces, retumba en los pasillos, hace zumbar las partículas del aire que atraviesa.

Cuando murió mi padre, y su muerte no me afectaba ni mucho menos lo mismo, yo hacía meses que sabía cuál iba a ser el desenlace de las interminables horas que pasaba encerrado en su despacho. Al oírse el estampido del disparo, lo único que me sorprendió fue lo igual que podían sonar ruidos diferentes. Hacía poco más de medio año que, de pie los dos en mitad de aquel mismo despacho, habíamos mantenido una acalorada discusión. «¿Pero es que pretendes hundirnos a todos contigo?», le dije yo, llevado por el ardor de la disputa. «Y qué me importa a mí quién se hunda después», respondió él, con una prontitud que me hizo suponer que tenía la respuesta preparada desde hacía mucho tiempo. A partir de ahí ya no tuve ninguna duda. Mi padre se dejó caer pesadamente sobre el sofá y, más que la brutalidad de mi reproche o la brutalidad de su respuesta, aquel fofo chafarse de almohadones sonó como un disparo. Tampoco mi padre era un monstruo, comprendí; a mi padre no le importaba nada porque se iba a morir muy pronto. Lo monstruoso hubiera sido una frase de disculpa o una palmadita en el hombro. De este mundo ha de salir uno siempre con un insufrible sentimiento de fraude, y no es lógico esperar que nadie se despida de nadie con ternura cuando se lleva en la maleta la inclemente impresión de que se le ha tomado vergonzosamente el pelo.

A mi padre, sin embargo, ya no tuve ocasión de hacerle saber hasta qué extremo aquellos segundos habían cambiado mi forma de pensar. Durante los seis meses que transcurrieron hasta el día en que puso fin a su vida, mi padre apenas si pronunció ya palabra. Encerrado en su despacho casi las veinticuatro horas del día, mi contacto con él se redujo a comprobar que devolvía prácticamente intactas las bandejas de comida que mamá le hacía llegar a través de las criadas. ¿Debí de haber tenido el coraje de empujar algún día su puerta y explicarle que, en el fondo, comprendía su actitud? Probablemente a él no le hubiese servido de gran cosa; él tenía sus días contados desde el momento en que le oí caer como un fardo sobre los almohadones del sofá, y su obstinado silencio no hacía sino confirmar la irreversibilidad del proceso en que se encontraba inmerso. Pero, a mí, decirle cuatro palabras vanas de solidaridad y disculpa me habría quitado un enorme peso de encima. Unos minutos hubiesen sido más que suficientes; tampoco había tanto que decirse, ni mi discurso podía pretender otra cosa que descargar interesadamente la conciencia. Pero no hubo ocasión. El silencio de mi padre representó una barrera insalvable. A la hora de dirigirse a los otros, uno tiende de modo instintivo a ponerse en su lugar, y si es difícil razonar con un niño o evitar el recurso al infinitivo ante un interlocutor extranjero, hablarle a quien renuncia de modo manifiesto al lenguaje resulta poco menos que imposible.

¿Quién me asegura, además, que haber atacado la erizada defensa que mi padre oponía hubiera tenido algún éxito? Con su hermetismo, mi padre tanto quería significar que no tenía nada que decirnos como que no le importaba lo más mínimo lo que nosotros quisiéramos decirle. Ni siquiera es seguro que, de haber llegado a acumular el arrojo suficiente para empujar la puerta de su despacho, no hubiera escuchado de nuevo las mismas palabras que me dijo antes de derrumbarse sobre los almohadones del sofá. Con independencia de cuál fuera mi mensaje, ¿qué podía importarle a él lo que pasara después? A mí, sí; pero ¿a él? ¿Qué más le daba a él ya todo? Habiendo tomado la decisión que tomó, lo que yo pensara o dejara de pensar sobre su forma de proceder, de su irresponsable desinterés por el presente, de su culpa o de su inocencia, constituían material de un futuro que se habría de vivir en su ausencia. Si a mí me pesaban o no los destemplados reproches que le había hecho, si llevaba con él a la tumba la herencia de cien años de esfuerzo familiar o todo era un mal sueño pasajero que, como al fin sucedió, se iba a disipar tras su muerte, ¿qué diablos podía importarle ya?

Mi padre era un hombre inteligente. Lo fue toda su vida y lo demostró cada minuto de los seis meses que pasó encerrado en su despacho. Mi padre permaneció lúcido hasta el último momento, y, a la hora de la verdad, no dejó de discernir, entre los vapores de la voluble realidad, que cuando ya no se reconoce a ciencia cierta lo que nos rodea, sólo cabe quitarse de en medio, sin prestar atención a quién se hiere o a quién se alegra con ello. Un necio, como tía Adelina, se habría ido de este mundo echando bilis y llamando «maricones» a todos. Mi padre, no; mi padre, como buen hombre de negocios, concluyó en el momento justo en que el mercado no tenía ya nada que ofrecerle y en que el sentimentalismo, del signo que fuera, sólo le hubiera llevado a malvender o comprar caballos cojos. Con él estaban de más los chalaneos. Él no se habría dejado engañar por un truculento tono de voz o una frase lacrimosa. Tan imbécil hay que ser para amenazar con la venganza *post mortem* como para dejarse convencer de que procede despedirse del mundo impartiendo beatíficas bendiciones. Y mi padre no era ningún imbécil. Que los últimos años de su existencia los viviese empeñado en una absurda pugna contra toda idea de progreso no significa nada. Para tenderse trampas tan inocentes a uno mismo no siempre es imprescindible ser imbécil, la mayoría de las veces basta con no tener otro remedio. La demente negación de la realidad en que se parapetó mi padre durante los últimos años de su vida, la rabiosa indiferencia que manifestó en sus meses de encierro, no derivaron de ningún debilitamiento del juicio. Todo lo contrario: fueron la consecuencia lógica de haber llegado a los dominios de la vejez con la inteligencia intacta, y verse obligado a concluir, y no poder hacerlo, que ya no formaba parte de este mundo.

El haber empujado su puerta no habría cambiado nada. ¿Qué le hubiera podido descubrir nadie que no supiera ya él? Mi padre no murió de ignorancia, sino de exceso de lucidez. Todo lo que se hubiera hecho por él habría sido pura repetición. En cierto sentido, mi padre murió de exactamente lo mismo que mi bisabuela Julia: murió de viejo. A la vejez cada cual llega a una edad particular, esa es la única diferencia. El haberle quitado la pistola del cajón del escritorio donde la tenía escondida acaso me hubiera servido a mí para tranquilizar el sueño, pero a él no le hubiera impedido matarse. Los hombres se han matado desde que el mundo es mundo, y sólo hace dos días que se conocen las pistolas. Mi padre se pegó un tiro como podía haber tomado una cucharada de cianuro. Matarse es muy sencillo. «Susana —podría decir yo cualquier tarde—, haga el favor de que me suban unas muestras del almacén.» Matarse está al alcance de todos, y nadie es más culpable de la muerte de nadie en particular que inocente de la muerte de todos en general.

Mi padre y yo no congeniamos jamás. Eso es un hecho. Él siempre llevó con un mal disimulado disgusto mi afán de participar como uno más en los negocios familiares, y yo nunca logré quitarme de encima la impresión de que su latente hostilidad tenía unas raíces más profundas que las del temor a perder su posición hegemónica. Mi padre se avergonzaba de mí. Pero descontado nuestro choque final, ni uno ni otro nos reprochamos nunca abiertamente nada. En nuestra relación, tan presente como la frialdad, estuvo siempre la educación y el respeto a las formas. Yo no le puse la pistola en la mano, como dicen mis primos. Si mi padre decidió un día pegarse un tiro, en esa decisión yo no tuve más parte que él en la mía de no pegármelo. Yo me limité a cumplir con mi deber y advertirle de lo que estaba sucediendo. Nada tengo que recriminarme. Yo no le estaba segando la hierba debajo de los pies, como dicen mis primos. Yo lo único que hice fue negarme a que nos arrastrara a todos con él en la caída. Y tampoco le echo la culpa. No. La culpa no la tuvo nadie. Ni él, ni yo. La culpa fue del tiempo que pasa cada día más de prisa y nos va dejando atrás a todos.

No hay que darle más vueltas. El suicidio es una muerte tan natural como la neumonía o el cáncer de páncreas. A mi padre no lo atropelló ningún camión de improviso al salir de un restaurante. A mi padre lo fue consumiendo el paso de los días, como a un leucémico se lo van comiendo poco a poco los leucocitos. Ni yo le puse la pistola en la mano ni él la sacó de forma completamente voluntaria del cajón. El mundo da cada veinticuatro horas una vuelta, y a unos les resulta más difícil que a otros reconocer cada mañana los nuevos usos con que se nos presenta. Eso es todo. De nada hay que extrañarse, como no sea de que llegados a determinado punto de la vida, unos por un motivo, otros por otro, ninguno encontramos nuestro lugar entre las cosas. Al final, el tiempo nos presenta siempre o bajo la luz del error o bajo la luz del ridículo, y si se llega con demasida lucidez a ese espectáculo patético, uno muere de un tiro y no muere de neumonía o cáncer de páncreas.

Mi padre hacía años que se sabía superado por el fluir del tiempo. Nadie tuvo que convencerle de nada. Él había vivido con la suficiente intensidad sus momentos de esplendor como para percibir de manera inequívoca la diferencia. Menos la firma final, mía era ya toda la responsabilidad. Yo era quien achicaba como podía el agua que entraba por los agujeros de su incapacidad para vivir en el presente. En mí cifraban ya todos sus esperanzas de futuro. De nada tengo que avergonzarme. Fue ley de vida. Lo que pasó en nuestra casa ha pasado ya cien millones de veces en el mundo, está pasando ahora mismo y seguirá pasando hasta el fin de los días.

Ahora dicen, pero entonces mis primos hacían cola para rogarme que no le dedicara ni un minuto a meditar el incidente y me pusiera de inmediato a «arreglar las cosas». Mi padre se había convertido en un estorbo para todos. Yo no fui el único que respiró con alivio cuando decidió hacerse a un lado. ¿Qué se me reprocha ahora? ¿El no haberme puesto a llorar como un hipócrita nada más escuchar el estampido del disparo? ¿Eso? Los sentimientos no matan a nadie. Matan los hechos. Y yo no hice más que cumplir escrupulosamente con mi deber. Como he hecho siempre. Por eso ha de juzgárseme. Lo que sienta o deje de sentir no le incumbe a nadie. Duerma como duerma, yo llego todas las mañanas el primero a la oficina. Eso es lo único que ha de contar. Mis sentimientos son sólo asunto mío.

Cierto que cuando sonó el disparo yo no me moví de mi habitación. Pero ¿qué podía hacer? ¿Precipitarme hacia el despacho y ponerme a palpar grotescamente por los rincones hasta dar con el cadáver de mi padre? ¿Hubiera servido eso para algo más que añadir una nota esperpéntica a un incidente ya de por sí desagradable? Cuatro lágrimas no impiden la muerte de nadie ni, mucho menos, reaniman un corazón que ya ha dejado de latir. Yo me comporté como se imponía. A mí no se me puede pedir más. En cuanto sonó el disparo comprendí que, de continuar en mi habitación, iba a dar lugar a malas interpretaciones. Su descomunal estruendo tiró por tierra todas las coartadas que a lo largo de los meses había ido preparando para el caso de que el suicidio de mi padre me sorprendiese en casa. Evidentemente, nadie iba a creerse ya que me había quedado dormido y no había oído nada. El estruendo hizo temblar las paredes, se metió por debajo de las rendijas de las puertas y quedó retumbando interminablemente en el aire, hasta transformar la calidad del silencio que, por unos segundos, anticipó los gritos histéricos de la criada.

Pero, aun así, ¿qué podía hacer yo, salvo dejarme ganar por la irritación? ¡Por qué diablos tenía que haber elegido mi padre precisamente aquel momento, cuando tuvo tanto tiempo! ¡Por qué tenía que haberse puesto a gritar como una loca la criada! Ella, más que nadie, había en el fondo de alegrarse de que todo concluyera, aunque sólo fuese porque la descargaba del engorro de llevar y traer bandejas de comida a su despacho. «Grita —pensé— para ponerme en evidencia», y dándole vueltas a la idea de que aquella mujer tenía una especial capacidad para crisparme los nervios, me fui olvidando lo más que pude de mi padre. En cuanto se presentase la oportunidad, procedería a despedirla. No se trataba sólo de aquellos gritos; me había molestado siempre. No soportaba su taconeo en los pasillos, su acento rústico, su manía de seguir llamándome «señorito». Buscaría cualquier disculpa. Le imputaría el robo de algún objeto de valor. Un cenicero de plata, unos gemelos; lo que fuera. Obrase premeditada o instintiva e involuntariamente, tenía que pagar por su idiotez. En cuestión de días, todos mis primos sabrían que yo no me había dignado siquiera a salir de mi habitación para ir junto al cadáver de mi padre. Pero ¿qué otra cosa podía hacer yo, salvo despedir a la criada por contarlo? Mamá no estaba en casa y a mí el macabro expediente de tratar de localizar al tacto si mi padre se había matado en el sofá o detrás de su escritorio me resultaba intolerable, si no por lo siniestro, sí por lo ridículo.

¿Tan imperdonable es eso? ¿Pesa más que llegar todas las mañanas el primero al despacho? ¿Pesa más que venderles toneladas y toneladas de raticida a los rabinos de la Cisjordania? ¿Más que renunciar a casarse con su secretaria? ¿Más que haber aprendido setenta y dos fábulas de La Fontaine de memoria o haber leído las cien mil estrofas del *Mahabharata*? ¿Más que dejar pasar los días como si de verdad creyera que nunca pasa nada? ¿Qué se pretende de mí? ¿El heroísmo? ¿La santidad? A mí también se me echa el mundo encima, y a nadie he pedido que me ayude a apartarlo. Tampoco yo duermo por las noches, y no por ello hago más que servirme de beber y aguardar sin escándalo a que el gorgoteo de las calefacciones me indique que es hora de afeitarse. ¿Cuál es la diferencia? ¿Tanto nos obliga a ser justos y tan poco nos da derecho a la justicia? ¿Es que acaso habría salido mi padre de su despacho de haber sido yo quien se hubiese pegado el tiro? Y, aunque así fuera, ¿no lo habría hecho más por él mismo que por mí? ¿De qué tengo que pedir perdón yo entonces?

Yo no soy, sin duda, mejor que la inmensa mayoría. Ni lo pretendo. Pero tampoco soy peor. Los seres humanos no nos diferenciamos más en términos morales que en términos físicos. Y lo mismo que, por mucho que salte, ningún hombre salta quince veces más que otro, tampoco nadie se sitúa en el plano moral a tal distancia de nadie como para hacer imposible la comparación. A la hora de la verdad, se sea como se sea, se actúe como se actúe, todos tocamos techo en el rasero común de no perseguir con nuestra singular forma de ser o proceder más que el propio y exclusivo beneficio. El héroe y el santo no obran a impulsos de diferentes móviles que el medroso y el vil. Si en algo se distinguen, es sólo en la vía que cada cual toma para alcanzar su personal satisfacción. Diferencia muy poco o nada relevante en el orden moral, habida cuenta de que los medios de acceso individual a ese fin último y común no son, por más que diversos, de libre elección. Mi padre se pegó un tiro porque no le fue dado encontrar solución mejor a sus problemas. El que, ante ese acto grandilocuente, yo me recluyese en la mezquina reflexión sobre cómo despedir a la criada nos aleja menos de lo que parece. Por debajo de todas las aparentes disimilitudes que puedan existir, nos iguala el hecho incontestable de que ambos adoptamos la actitud que adoptamos inspirados por el solo motivo de creer que ésa era la salida personal más ventajosa a nuestro alcance.

Pretender convertir ahora a mi padre en un mártir es un completo despropósito. Que no se tergiverse la realidad. Yo tengo muy buena memoria y aún recuerdo perfectamente cómo sucedieron las cosas. En los últimos años de su vida, mi padre podía no saber ya con certeza en qué mundo vivía, pero seguía teniendo tan claro como en sus momentos de plenitud que, viviese en el mundo en que viviese, lo primero era él. De no haber sido así, se habría pegado el tiro mucho antes o no se lo habría pegado ya hasta mucho después. Pero nunca cuando se lo pegó. Él se mató en el momento exacto en que concluyó que la ruina era inevitable. Ni un minuto antes ni un minuto después. El que estuviese equivocado, y la ruina no llegara a consumarse, es lo de menos. Lo que cuenta es que él creía firmemente que el futuro ya no guardaba nada digno de ser vivido. Mis presiones, mis críticas, mis recriminaciones no pesaron lo más mínimo en su determinación. Mi padre nunca llegó a quedar reducido a ese melodramático estado de desvalimiento en el que quieren exhumarlo ahora mis primos. En su vejez, más aún que en su juventud, la única voz que escuchó fue la de su propia conveniencia. Y sólo cuando esa voz le dijo: «Vete», se fue. Sólo entonces. Sin importarle lo más mínimo los intereses o los deseos de quienes quedábamos detrás.

Y no se lo reprocho. No. ¿Cómo iba a reprochárselo? El egoísmo no califica de ninguna manera a nadie. El egoísmo es común a todos y el grado en que aparece en cada uno sólo depende de la crudeza con que se perciba que, llegados a un punto crítico de la existencia, ya no hay otra solución que la individual. Pero, por eso mismo, tampoco cabe reprocharme nada a mí. Así es la vida. A eso se reduce todo. No hay que darle demasiadas vueltas ni hacerse muchas ilusiones. El día en que mamá llegue también a ese punto, y perciba claramente la misma evidencia, tampoco ella va a escuchar otra voz que la de sus personales intereses. Como no lo haré yo. Como no lo hace nadie. No es cuestión de ser ni mejor ni peor. Depende tan sólo de qué utilidad crea uno que tienen todavía para él los otros. Cuando se llega a la conclusión de que el resto ya no nos sirve de nada, todos actuamos con el mismo desprecio de sus expectativas. Mamá no se pegará nunca un tiro, por descontado. Pero eso es mera anécdota. Una mañana decidirá que ya no se levanta de la cama y nada importará lo que yo tenga que decirle. Nada. Como no le importó en su momento a mi padre. La única diferencia consistirá en que las bandejas volverán intactas a la cocina de un extremo diferente del pasillo. Por lo demás, todo será exactamente lo mismo.

«Tiene usted que ir haciéndose a la idea», me repite con insistencia crispante el estúpido del médico desde hace unos meses. Como si yo precisara de su macabro peritaje o no reconociese en lo que vale ese chabacano tono de huera consternación que adopta. ¡El muy imbécil! Yo estoy hecho a la idea desde que tengo uso de razón. A ésa y a otras aún mucho peores. A mí nadie tiene que convencerme de que mamá ha de morirse un día. No sólo lo sé, sé, además, que cuando llegue ese día, no va a preocuparse un instante por los términos en los que yo quede con mis primos o si me ha elegido o no la corbata que habré de ponerme al día siguiente. Por menos propensa que sea a cuestionarse lo inevitable, también ella acabará sospechando que todo ha sido una broma de mal gusto y que nada en la vida justifica guardar una fingida compostura hasta el último momento.

Pero eso no va a suceder mañana. Ni dentro de un mes. Ni de seis. Yo sé de qué hablo. Mamá tiene aún mucho por delante. Ve la televisión, corrige a las criadas, me pregunta por los primos. ¿Cómo se va a morir mañana? Hace ya algún tiempo que, prácticamente, no toca el piano. Pero eso no significa nada. El propio médico lo reconoce. Un poco de artritis. Y nadie se muere de un poco de artritis. La tía Adela tiene artritis desde hace veinte años. La bisabuela Julia probablemente también la tuvo. Es hereditaria. En mí mismo empiezan a ser manifiestos los primeros síntomas. De momento, no hay motivo alguno para preocuparse demasiado. Grave sería si hubiese dejado de tocar porque, poco a poco, lo hubiera encontrado aburrido o, mucho peor, absurdo. Entonces sí que habría que comenzar a inquietarse. Eso sí sería un signo innegable de la proximidad de la muerte. Pero no la artritis. No los signos que señala el estúpido del médico.

¿Qué importancia puede tener una ligera disnea? ¿Qué conclusiones cabe sacar de la regularidad o irregularidad de los rumores que se escuchen a través de un fonendoscopio? Los seres humanos no mueren como los gatos o los periquitos. Las enfermedades que acaban con los hombres son las del espíritu, no las del cuerpo. El tedio, el sentimiento de impotencia, el creciente desconcierto ante las cosas...; ésos son los rumores a los que hay que estar atento. Mientras no se escuchen sus ecos, no se muere nadie. La enfermedad, por sí sola, es de todo punto incapaz de poner término a la vida de un ser humano, un ser que, en definitiva, es mucho más que un simple amasijo de nervios y vísceras, músculos y humores. Si la enfermedad precede a la muerte (lo que ni siquiera es siempre el caso), no lo hace con mayor autoridad de la que tiene el acto anodino de marcar un número para producir una comunicación telefónica. Para morir, hay que querer o, cuando menos, estar resignado a ello; como para hablar por teléfono no sólo ha de marcarse el número deseado, sino que además es menester que nuestro interlocutor proceda a descolgar el auricular. Y mamá ni se ha resignado ya a morir, ni, mucho menos, ansía ya la muerte. Tiene sus momentos de pequeña depresión, por supuesto. Hay días en los que parece que le pesa demasiado el lento paso de las horas, evidentemente. Pero ¿a quién no le sucede algo semejante? Me pasa a mí. Le pasa a la criada. Al quiosquero. Al presidente del gobierno. Al papa. Unos con más frecuencia, otros con menos, todos atravesamos por nuestros particulares baches. Nada más normal. Nada más lógico. No somos gatos, no somos periquitos. Eso es todo. No hay motivo alguno para asustarse. Un mal momento sin importania, un rapto de melancolía, que como viene se va. Al final, uno acaba siempre sobreponiéndose, saliendo de nuevo a flote.

«Nada se gana negando la realidad», me dice el estúpido del médico. Pero ¿qué tiene eso que ver conmigo? ¿Es que niego acaso yo la realidad? ¿Es que la he negado nunca? ¿O es que aceptar la realidad significa admitir que nos asemejamos a los gatos o los periquitos? «Científicamente...», intenta argumentarme. «Científicamente, ¿qué?», le corto yo. ¿Dónde está el gato, dónde está el periquito que haya vivido jamás para componer el *Mahabharata* o ganar el Tour de Francia? ¿Los conoce él? Que me los presente. Entonces hablaremos. Entonces nos detendremos todo lo que quiera a considerar semejanzas. Mientras tanto, ¿qué ha de importarme su parecer?

Él es quien niega la realidad; él, y no yo. Yo me limito a interpretar los hechos a través de la razón. ¿De dónde se sigue que han de parecerse en la muerte seres absolutamente disímiles en la vida? ¿Es eso reconocer la realidad? ¿Tan obcecado estoy yo? ¿Y por qué habría de estarlo? ¿Qué motivos tendría yo para negar la realidad? Yo no tengo miedo. Yo no precisaría más que dar una voz para que se me presentasen de inmediato, extendidas sobre la cama, cuatrocientas corbatas. Y quizás hasta más a la moda que las que visto ahora. Cualquier criada puede elegir una corbata a juego. Nadie es insustituible. Cuando se llevaron a Méndez, ¿no anticipaban también mis primos toda suerte de desgracias? ¿Y qué sucedió? Nada. Méndez se fue y vino otro a ocupar su puesto. Al principio se notaron las lógicas vacilaciones, los inevitables desajustes. Pero ¿quién echa de menos hoy a Méndez? ¿Quién lo recuerda siquiera? Nadie. El ser humano tiene una increíble capacidad de adaptación. A todo se le encuentra sustituto. Todo se acaba olvidando. Y yo no soy un cualquiera. Yo no me ahogo en un vaso de agua. Yo he probado muchas veces que me sé valer perfectamente solo. ¿Que tendría que hacer algunos cambios? Pues los haría. ¿No los hice cuando se mató mi padre? Pues los volvería a hacer. ¿Por qué voy a negar yo la realidad?

Sentimentalismos a un lado, la muerte de mamá lo único que me supondría es subirle un poco el sueldo a alguna de las criadas. Todo lo más, contratar a otra, caso de que ninguna de las actuales se mostrase capaz de asumir mayores y nuevas competencias. Por crudo que resulte, sustituir a una madre no difiere en lo substancial de sustituir a un contable. Todo es cuestión de ajustar un precio. A eso se reduce todo. No es por miedo a la realidad por lo que me resisto a aceptar la opinión del estúpido del médico, como él insinúa. A mí me sobra el dinero. Si me resisto a admitir la validez de su diagnóstico es, precisamente, por todo lo contrario, por respeto a la evidencia objetiva. Yo no especulo, yo no supongo, yo no pierdo el tiempo considerando hipótesis. Yo me atengo estrictamente a los hechos probados. Si dentro de cinco, diez o quince años, mamá empieza a mostrar signos inequívocos de un declive irreversible, yo seré el primero en reconocerlo. Pero, hoy por hoy, nada indica que ya se haya llegado a ese punto, ni siquiera que se esté próximo a él.

A veces, cierto, ¿lo he negado yo acaso?, mamá parece sumirse en un profundo ensimismamiento, que podría llevar a un observador circunstancial a la errónea conclusión de que ha entrado en esa fase de indiferencia a todo que precede a la muerte. Pero tampoco eso demuestra nada. ¿Quién no se pierde de tanto en tanto en el limbo de sus íntimas reflexiones y se abstrae por completo de cuanto le rodea? Yo mismo le he informado repetidamente a mi médico que atravieso por instantes de total ausencia de mente. ¿Y deja por ello de acusarme veladamente de hipocondria cada vez que insisto en someterme a un nuevo electrocardiograma? «La naturaleza del juicio coronario —me repite desdeñoso— no es tan sumaria como usted se empeña en creer.» ¿Lo es acaso el pulmonar? ¿Qué rigor científico es ése? ¿Qué se pretende insinuar? ¿Que mi primo pudiera tener razón? ¿Es eso acaso? ¿Es ahí adonde se quiere llegar?

¿Y qué si Francisco tuviera razón? ¿Y qué si yo estuviese

loco? ¿Y qué si, como Méndez, hablara solo? ¿Y qué si recitase el *Cántico espiritual*? ¿Qué? ¡Como si recito *La vida es sueño*! «¡Ay mísero de mí, ay, infelice! / Apurar, cielos pretendo, / ya que me tratáis así, / qué delito cometí / contra vosotros, naciendo.» ¿Qué? ¿Prueba eso que mi madre se va a morir mañana? «Aunque si nací, ya entiendo / qué delito he cometido: / bastante causa ha tenido / vuestra justicia y rigor, / pues el delito mayor/ del hombre es haber nacido.» ¿Prueba eso que un día voy a preguntar: «¿Estás ahí, mamá?», y mi voz va a quedar patalendo en el aire como ahora patalea mi pie enfrente de un asiento vacío? «Sólo quisiera saber / para apurar mis desvelos / dejando a una parte, cielos, / el delito de nacer, / qué más os pude ofender / para castigarme así.» ¿Prueba eso mi miedo? ¿Prueba eso algo?

Yo no soy un cualquiera. Yo doy de comer a mil trescientas doce familias. Yo tengo en el puño a tres mil concejales. A mí me han llamado «ciudadano intachable» y «empresario ejemplar» cinco ministros diferentes. Méndez era un pobre hombre. Pero yo tengo un prestigio. Juntas, todas las ratas que he envenenado llenarían varios miles de piscinas olímpicas. Todo no puede venirse ahora abajo por el mal gusto o la malevolencia de una criada. Aun con la corbata más estrafalaria, Arcadio Jiménez Paz seguirá imponiendo respeto. A estas alturas yo puedo permitirme ya cualquier cosa. Un hombre como yo no puede dar risa. Un hombre como yo no puede volverse loco.

«¿No nacieron los demás? / Pues si los demás nacieron, / ¿qué privilegios tuvieron / que yo no gocé jamás?», puedo gritar a voces. Nada tengo que temer. Si viniese el revisor, me bastaría con decirle: «No se preocupe, ensayaba un discurso».

ESTE LIBRO SE ACABÓ DE IMPRIMIR
EN EL MES DE NOVIEMBRE
DE 1997 EN MADRID.